SIDNEY SHELDON
Der Regenmörder

Sidney Sheldon
Der Regenmörder

Roman

Deutsch von W. M. Riegel

Deutsche Originalausgabe
Originaltitel: The Strangler

© 1997 by The Sidney Sheldon Family Limited Partnership
© der deutschsprachigen Ausgabe 1997 by
Wilhelm Goldmann Verlag, München
Orbis ist ein Unternehmen in der Verlagsgruppe
Bertelsmann GmbH, München
All rights reserved including the right of reproduction
in whole or in part in any form.
Umschlagentwurf: S/L-Kommunikation
Umschlagfoto: Anselm Spring
Made in Germany
ISBN 3-572-00967-7

1. Kapitel

Ein Würger trieb sein Unwesen in den Straßen von London. Bis jetzt hatte er sechs Frauen ermordet. Die Polizei war verbittert und die Stadt in Aufruhr.

Für die Londoner Zeitungen aber war das natürlich ein gefundenes Fressen und Anlaß für schreiende Schlagzeilen:

> WANN WIRD DER WÜRGER DAS NÄCHSTE MAL ZUSCHLAGEN?
> LONDON IM WÜRGEGRIFF DES SCHRECKENS
> WAS TUT DIE POLIZEI FÜR DIE SICHERHEIT DER FRAUEN?

Hunderte Telefonanrufe gingen bei Scotland Yard ein. Alle wollten wissen, was die Polizei zu tun gedenke, um den Mörder zu fangen. Die Leute waren in Panik.

»In meinem Hinterhof macht sich ein Einbrecher zu schaffen.«

»Ich glaube, da ist einer, der nachts zu meinem Schlafzimmerfenster hereinschaut.«

»Mein Nachbar sieht aus wie ein Mörder. Könnte er der Würger sein?«

»Soll ich mir einen Wachhund zulegen?«

Inspector West von Scotland Yard leitete die Ermittlungen. Es war der schwierigste aller seiner bisherigen Fälle. Es gab keinerlei Hinweise auf den Mörder. Absolut keine.

Seine Sekretärin sagte: »Inspector, der Polizeipräsident ist am Telefon für Sie!«

Der Polizeipräsident hatte den Inspector inzwischen ein halbes Dutzend Mal angerufen, und West hatte ihm jedesmal zu erklären versucht, daß er alles Menschenmögliche tue. Er hatte die Fingerabdruckexperten an den Tatort geschickt, aber der Mörder hatte keine Fingerabdrücke hinterlassen. Er hatte die Polizeihunde eingesetzt, um eine Spur des Mörders aufzunehmen, aber es war zwecklos gewesen. Er hatte sich in der Hoffnung, von ihnen brauchbare Hinweise auf den Täter zu bekommen, die Polizeispitzel kommen lassen, aber diese hatten nichts Brauchbares mitteilen können.

Der Mörder war wie ein Phantom, das seine Opfer tötete und dann spurlos verschwand.

Inspector West griff zum Telefonhörer und meldete sich.

»Guten Morgen, Herr Polizeipräsident.«

»Wie steht es?« forschte der Polizeipräsident. »Sie müssen irgend etwas unternehmen! Haben Sie eine Ahnung, unter welchem Druck ich hier stehe? Die Zeitungen treiben mich zum Wahnsinn und lassen uns wie Idioten aussehen. Sogar die Königin pesönlich hat mich heute morgen angerufen. Haben Sie mich verstanden? Die Königin persönlich! Sie will wissen, was wir tun, um diesem Verrückten das Handwerk zu legen!«

»Wir tun alles Menschenmö …«

»Das genügt eben nicht! Ich will Resultate sehen! Die Frauen fürchten sich, auf die Straße zu gehen. Niemand weiß, wann und wo dieser Würger das nächste Mal zuschlagen wird. Haben Sie denn gar keine Spur?«

»Wenn ich nur eine hätte! Aber dieser Mörder schlägt einfach immer nur zu, ohne System und Spuren. Er tötet und verschwindet wieder.«

Es trat eine lange Pause ein.

Dann sagte der Inspector: »Dürfte ich Sie um einen Gefallen bitten, Herr Polizeipräsident?«

»Sicher. Alles, was der Lösung dieses Falles dient.«

»Da ist ein junger Polizeisergeant, von dem ich gehört habe. Er hat schon eine ganze Menge Fälle gelöst. Den möchte ich haben.«

»Wie heißt er denn?«

»Sergeant Sekio Yamada. Könnten Sie das veranlassen?«

»Schon geschehen. Sergeant Yamada meldet sich in einer Stunde bei Ihnen.«

Genau nach einer Stunde saß Sekio Yamada im Büro bei Inspector West. Er war ein noch junger Mann, sah sehr gut aus und war überaus höflich.

Yamadas Vater besaß eine kleine Elektronikfirma und hatte eine Filiale in London eröffnet. Er hatte gehofft, sein Sohn werde die Firma einmal übernehmen. Aber dieser war schon als Junge an der Verbrechensbekämpfung interessiert gewesen.

»Ich will den Menschen helfen.«

Er hatte heftige Auseinandersetzungen deswegen mit seinem Vater gehabt, aber es war zwecklos gewesen. Sekio konnte ziemlich hartnäckig sein, wenn er sich einmal etwas in den Kopf gesetzt hatte. Er war bei der Polizei angenommen worden und hatte inzwischen schon ein halbes Dutzend Fälle aufgeklärt.

Seine Familie war nun sehr stolz auf ihn. Seine Mutter machte sich allerdings auch Sorgen. »Ist denn deine Arbeit nicht sehr gefährlich?« fragte sie ihn.

»Ich passe schon auf mich auf, Mutter, keine Angst« antwortete Sekio darauf. Aber Tatsache war, sein Beruf war wirklich sehr gefährlich. Nach alter Tradition waren die Polizisten in England unbewaffnet gewesen. Nur hatte in den letzten Jahren die Gewalttätigkeit stark zugenommen, und jetzt waren die Polizisten deshalb nicht nur mit Pistolen ausgerüstet, sondern sogar mit automatischen Waffen. Nachdem immer wieder Polizisten im Dienst ihr Leben verloren, hatte der Polizeipräsident verfügt, daß die Polizei bewaffnet wurde.

Sekio wollte seine Mutter allerdings nicht beunruhigen und erklärte ihr deshalb stereotyp: »Nein, nein, was ich tue, ist nicht gefährlich.«

Aber er hatte schon einen Juwelendieb dingfest gemacht, der der Polizei entkommen war, einen Drogenschmuggler und einen Mörder. Bei der ganzen Polizei genoß er bereits hohes Ansehen.

Jetzt fand er sich dem Leiter von Scotland Yard, Inspector West, gegenüber. Er war ein wenig nervös. Er hatte großen Respekt vor dem Mann, vor dem er saß.

»Sie kennen den Würger-Fall ja wohl, wie?«

»Ja, Sir.« *Ganz London weiß vom Würger.*

»Wir brauchen Sie dazu.«

»Ja, Sir?«

»Sie haben große Erfolge vorzuweisen.«

»Vielen Dank.«

»Unser Problem ist, daß wir keinerlei Hinweise oder Spuren haben.«

Der Inspector stand auf und ging hin und her. »Ich weiß nicht, wieviel Sie über Serienmörder wissen, also über Mörder, die einen Mord nach dem anderen begehen.«

»Ein wenig weiß ich schon darüber, Sir.«

»Dann wissen Sie auch, daß sie normalerweise einem bestimmten Schema folgen. Beispielsweise tötet ein

Serienmörder nur Prostituierte oder nur kleine Mädchen oder nur Frauen seines eigenen Alters und so weiter. Er folgt eben einem Schema, einem Muster.«

»Ja, Sir.«

»Unser Problem in diesem Fall besteht darin, daß kein solches Schema erkennbar ist. Einige der getöteten Frauen waren alt, andere jung, einige verheiratet, andere ledig. Eine war Klavierlehrerin, eine andere Hausfrau und eine dritte Model. Sie verstehen, was ich meine? Überhaupt kein einheitliches Verhaltensmuster. Er schlägt einfach nur zu, völlig systemlos.«

Sekio Yamada zeigte Stirnfalten. »Entschuldigen Sie, Sir, aber so stimmt das nicht.«

»Wie bitte?«

»Es gibt *immer* ein Verhaltensmuster. Wir müssen es nur entdecken.«

Inspector West sah ihn regungslos an. »Und Sie glauben, Sie können es finden?«

»Das weiß ich nicht, Sir. Aber ich würde es auf jeden Fall gerne versuchen.«

»Gut, junger Mann. Meine Sekretärin gibt Ihnen eine Liste aller Opfer. Sie können mit Ihren Ermittlungen sofort beginnen.«

Sergeant Sekio Yamada stand auf. »Ja, Sir. Vielen Dank für den Auftrag und Ihr Vertrauen.«

»Zwei Dinge müssen Sie wissen«, sagte der Inspector.

»Sir?«

»Alle Opfer hatten etwas auf dem Rücken.«

»Was genau war das?«

»Wir sind uns nicht ganz sicher, was es ist. Sieht aus wie eine Verletzung. Wie eine Art Kratzer oder so.«

»Könnte es von einer Injektionsnadel oder dergleichen stammen?«

»Nein, nein. Die Haut ist nicht verletzt. Und dann das zweite.«

»Sir?«

»Der Würger tötet nur, wenn es regnet.«

Einige Meilen entfernt ging zur selben Zeit ein Mann auf einen Zeitungskiosk am Sloane Square zu und besah sich die neueste Schlagzeile:

ACHTEN SIE AUF DEN WETTERBERICHT!
WÜRGER SCHLÄGT NUR BEI REGEN ZU

Der Mann lächelte. Das stimmte. Es lag ihm daran, seine Opfer zu erwürgen und ihr Gesicht dann himmelwärts zu drehen, damit Gottes Regen ihre Sünden abwusch.

Alle Frauen waren Sünderinnen. Gott wollte, daß sie getötet wurden. Er tat Gottes Werk und befreite die Welt vom Übel. Er konnte nicht verstehen, warum ihn die Polizei suchte und verfolgte; warum sie ihn bestrafen wollte. Eigentlich sollte sie ihn doch dafür belohnen, daß er diese bösen Frauen aus der Welt schaffte!

Der Mörder hieß Alan Simpson. Als kleinen Jungen hatte man ihn immer allein gelassen. Sein Vater arbeitete schwer in einer Seifenfabrik außerhalb Londons und war tagsüber nicht da. Seine Mutter sollte eigentlich zu Hause sein und sich um ihn kümmern, aber immer, wenn er von der Schule nach Hause gekommen war, fand er die Wohnung leer. Seine Mutter war jung und schön gewesen, und er vergötterte sie. Nur etwas mehr Beachtung hätte er sich von ihr gewünscht.

»Wirst du da sein, Mama, wenn ich aus der Schule komme?«

»Aber natürlich, Schatz.«

Und er glaubte ihr.

Doch tatsächlich war sie nie da. »Du hast gesagt, du bist da.«

»Ja, ich weiß. Aber es ist etwas Wichtiges dazwischen gekommen.«

Ständig kam etwas Wichtiges dazwischen.

»Aber dafür mache ich dir heute abend etwas ganz Gutes, mein Liebling.«

Darauf hatte er sich dann gefreut. Nur war sie auch abends nicht da. Immer ging sie schon frühmorgens weg und kam zu spät, um noch rechtzeitig Abendessen zu machen, so daß sein Vater und er sich ein paar Konservendosen öffnen und wärmen mußten. Als er ein wenig älter war, bereitete er dann selbst das Abendessen zu.

Er fragte sich, was denn seine Mutter den ganzen Tag über so Wichtiges zu tun hatte. Sie arbeitete ja nicht, und er, als kleiner Junge, konnte sich nicht vorstellen, wozu sie sonst die ganze Zeit weg sein konnte.

Aber als er zwölf Jahre alt war, trieb ihn die Neugierde, es herauszufinden.

Er versteckte sich eines Tages, statt zur Schule zu gehen, auf der anderen Straßenseite vor ihrem Wohnhaus und wartete. Es dauerte nicht lange, da kam seine Mutter heraus und hatte ihr hübschestes Kleid an. Sie ging die Straße entlang, als hätte sie es furchtbar eilig, und er folgte ihr in sicherem Abstand, damit sie ihn nicht entdecken konnte.

Es begann zu regnen, während seine Mutter zwei Häuserblocks weiterging, wo er sie dann in einem Haus verschwinden sah. *Wo geht sie denn da hin?* fragte er sich. Er konnte sich nicht denken, was sie da zu tun hatte. Er kannte alle ihre Nachbarn, aber von denen wohnte keiner in diesem Haus dort.

Er blieb vor dem Haus stehen und beobachtete.

Im zweiten Stock sah er an einem Fenster einen Mann, und auf einmal erschien neben ihm seine Mutter. Er starrte ungläubig, als der Mann sie in die Arme nahm und sie sich küßten.

»Mama!« schrie er voller Zorn.

Also das war es, was seine Mutter die ganze Zeit tat! Statt sich um ihn zu kümmern und ihn zu versorgen, betrog sie ihren Mann mit einem anderen! Und nicht nur seinen Vater, sondern auch ihn, ihren Sohn, betrog sie damit! Sie war eine Hure!

An diesem Tag war Alan Simpson zu der Ansicht gelangt, alle Frauen seien Huren, und daß sie dafür bestraft, nämlich getötet werden müßten.

Er verschwieg seiner Mutter, daß er ihr Geheimnis entdeckt hatte. Aber von diesem Tag an haßte er sie. Er wartete, bis er alt genug war, um das Elternhaus verlassen zu können, trieb sich dann herum und arbeitete alles Mögliche. Weil er die Schule nicht abgeschlossen hatte, fehlte ihm nun eine richtige Erziehung und Ausbildung, und so konnte er auch keine guten Stellungen finden. Er war Page in einem Hotel, Träger in einem Kaufhaus und Verkäufer in einem Schuhgeschäft.

Weil er gut aussah und ganz ordentliche Manieren besaß, ging es ihm gar nicht so schlecht. Vor allem schöpfte niemand auch nur den geringsten Verdacht, daß so ein tödlicher Haß auf Frauen in ihm brannte.

Seine brillante Idee kam ihm, als er in einem Lebensmittelgeschäft arbeitete, bei der Beobachtung der Frauen, die dort für das Abendessen einkauften. Er dachte bei sich: *Sie kochen Abendessen sowohl für ihre Ehemänner als auch für ihre Liebhaber und tun so, als sei-*

en sie gute Ehefrauen und Geliebte, aber die ganze Zeit betrügen sie nur jeden. Und deshalb sollten sie getötet werden. Nur die Angst, erwischt zu werden, hielt ihn vorerst davon ab, selbst etwas in diesem Sinne zu unternehmen.

Noch während er dies dachte, entdeckte er, als er nach draußen sah, daß es zu regnen begann. Viele dieser Frauen hasteten ohne Regenschirm nach draußen mit ihren Einkaufstaschen, und genau da kam Alan Simpson seine Eingebung.

Er wußte mit einem Schlag, wie er sie töten konnte, ohne entdeckt zu werden.

2. Kapitel

Sergeant Sekio Yamada wußte – er wußte es einfach! –, daß es in dem Vorgehen des Würgers irgendein Verhaltensmuster geben mußte. Wie suchte er seine Opfer aus? Wie näherte er sich ihnen, um sie töten zu können, ohne daß sie um Hilfe riefen? Es war ihm klar, daß er systematisch vorgehen und ganz von vorne beginnen mußte.

Das erste Opfer war eine Hausfrau gewesen. Sekio ging zu ihrer Wohnung. Ihr Ehemann machte ihm auf. Er sah aus, als habe er seit Tagen nicht geschlafen. Er ließ ihn eintreten.

»Was wollen Sie?«

Sekio zeigte ihm seine Polizeimarke. »Ich bin Sergeant Sekio Yamada von der Polizei. Wenn Sie ein paar Minuten Zeit hätten?«

»Es ist wegen des Mordes an meiner Frau, nicht? Also kommen Sie herein.« Er führte ihn in das Wohnzimmer.

»Ich wüßte niemanden, der einen Grund gehabt hätte, sie zu ermorden. Sie war eine wunderbare Frau ohne Feinde.«

»Einen muß sie wohl gehabt haben«, stellte Sekio fest.

»Das muß ein Wahnsinniger gewesen sein.«

»Möglich«, räumte Sekio ein. »Aber wir müssen alle Aspekte genau erforschen. Hat sie mit irgend jemandem Streit gehabt in letzter Zeit?«

»Nein.«

»Hat sie irgendwelche ungewöhnlichen Telefonanrufe oder Briefe bekommen?«

»Nein.«

»Und soviel Sie wissen, ist sie auch von niemandem ausdrücklich bedroht worden?«

»Das kann ich mir nicht denken. Sie war überall sehr beliebt.«

»Sind Sie und Ihre Frau mit den Nachbarn gut ausgekommen?«

Den Ehemann machten diese Fragen immer ungehaltener. Sekio merkte es und wollte ihn nicht noch weiter bedrängen. Hier bekam er keine neuen Auskünfte, das war klar. Vielleicht hatte der Mann ja auch recht, und die Frau war einfach nur zufällig einem wütenden Wahnsinnigen in die Hände gefallen.

Sekio begab sich zur Wohnung des zweiten Opfers. Das war eine Lehrerin gewesen, die bei ihren Eltern gelebt hatte. Auch diese waren keine Hilfe.

»Sie war allgemein beliebt«, sagten auch sie ihm.

»Warum sollte jemand sie ermorden wollen?«

Genau das wollte Sekio herausfinden. »Sie hatte keine Feinde?«

»Nein.«

Er beschloß, sich auch in der Schule, wo sie Lehrerin gewesen war, zu erkundigen, und redete mit dem Rektor.

»Ich ermittle den Mord an Miß Templeton«, sagte er.

»Eine schreckliche Geschichte.«

»Haben Sie irgendeine Vermutung, daß irgendwer ein Motiv gehabt haben könnte, sie zu ermorden?«

Der Rektor zögerte, sagte aber dann: »Nein.«

Sekio blieb dieses kurze Zögern nicht verborgen. »Sie wollten offenbar noch etwas anderes sagen?«

Der Rektor war leicht verlegen. »Das sollte ich vielleicht lieber nicht.«

»Alles, was Sie wissen, könnte hilfreich sein.«

»Nun ja, die Wahrheit ist, Miß Templeton hatte Probleme mit ihrem Freund. Sie wollte Schluß machen mit ihm, aber er ... na ja, er machte Schwierigkeiten.«

»Wenn Sie sagen, Schwierigkeiten, was meinen Sie damit genau?«

»Nun, er hat sie geschlagen.«

»Aha. War er der gewalttätige Typ?«

»Das könnte man sagen, ja. Ein unangenehmer Mensch.«

»Vielen Dank für Ihre Mühe.«

Sekio ging noch einmal zu Miß Templetons Eltern.

»Ich würde gerne etwas von Ihnen über den Freund Ihrer Tochter hören.«

»Er hieß Ralph Andrews. Aber er war nicht mehr ihr Freund. Sie hatte Schluß gemacht mit ihm.«

»Aber anscheinend akzeptierte er das nicht?«

»Ja, das stimmt wohl.«

»Dann möchte ich Ihnen eine konkrete Frage stellen, Mrs. Templeton. Halten Sie Ralph Andrews für imstande, einen Mord zu begehen?«

Nach einer langen Pause sagte Mrs. Templeton schließlich: »Ja.«

Ralph Andrews war Mechaniker. Yamada fand ihn bei der Arbeit in der Werkstatt in der Mount Street. Er war groß und breitschultrig und hatte muskelbepackte Arme.

»Mr. Andrews?«

»Ja?«

Yamada wies sich aus. »Ich möchte mit Ihnen über den Mord an Miß Templeton reden.«

»Sie hat den Tod verdient«, sagte Andrews. »Zuerst hat sie versprochen, mich zu heiraten, und mich dann sitzengelassen.«

»Haben Sie sie deshalb umgebracht?«

»Wieso ich?«

»Waren Sie es denn nicht?«

»Natürlich nicht. Es war ein anderer. Vermutlich noch einer, den sie sitzenließ.«

»Hatte sie denn andere Freunde?«

»Kann man sich denken! Aber Sie sind der Kriminaler, finden Sie es doch heraus!«

Sekio Yamada gefiel die Art nicht, wie der Mann sich benahm. Seinem Gefühl nach war er durchaus eines Mordes fähig.

»Mr. Andrews, wo waren Sie vor fünf Tagen in der Nacht, als Miß Templeton ermordet wurde?«

»Ich habe Karten gespielt«, sagte Andrews. »Eigentlich war ich mit ihr verabredet, aber sie kam nicht, und da habe ich dann mit meinen Freunden Karten gespielt.«

»Zu wie vielen wart ihr denn?«

»Sechs, mit mir.«

»Wenn Sie mir ihre Namen nennen möchten.«

»Warum nicht!«

Sekio Yamada schrieb sich alles auf, aber er hatte das Gefühl, daß es pure Zeitverschwendung war. Nie im Leben konnte Andrews gleich fünf Zeugen dazu bringen, für ihn zu lügen. Also mußte eigentlich stimmen, was er aussagte.

Er hatte recht damit. Alle fünf erklärten übereinstimmend, daß sie an jenem Abend mit Andrews zusammengewesen waren. Er konnte nichts mit dem Mord zu tun haben.

Sekio war wieder ganz am Anfang. Er überprüfte, ob die verschiedenen Opfer einander vielleicht gekannt hatten, aber das war nicht der Fall. Er überprüfte außerdem, ob es etwa sonstige Verbindungen zwischen ihnen gab, wie etwa: derselbe Friseur oder derselbe Arzt. Aber auch das ergab nichts. Er konnte keinerlei Gemeinsamkeiten oder Verbindungen zwischen den Mordopfern entdecken.

Als er ins Büro zurückkam, warteten Reporter auf ihn.

»Wir haben gehört, Sie sind mit dem Fall beauftragt worden«, sagte einer von ihnen, ein gewisser Billy Cash, der für seine Lästigkeit bekannt war. »Was unternehmen Sie, um den Würger zu fassen?«

»Es arbeiten eine ganze Anzahl Kollegen an diesem Fall«, sagte Yamada, »und wir tun das Menschenmögliche.«

»Sind Sie nicht sehr jung für einen so großen Fall?«

»Was hat das Alter damit zu tun?« sagte er ungehalten.

Er redete nicht gern mit Reportern. Dieser Fall hatte ohnehin schon viel zuviel öffentliche Aufmerksamkeit erregt. Er ging in sein Büro und schickte nach Detective Blake.

»Ab sofort«, sagte er zu Blake, als der da war, »übernehmen Sie den Umgang mit der Presse. Ich will mit denen nicht reden.«

»Ist gut. Die Burschen können ziemlich aufdringlich sein, das stimmt.«

»Das interessiert mich nicht, ich will nur, daß die Frauen in der Stadt nicht noch mehr beunruhigt werden. Es ist schon schlimm genug.« Er schlug mit der Faust auf den Schreibtisch. »Ich will diesen Wahnsinnigen fangen.«

»Für einen Wahnsinnigen ist er allerdings ziemlich intelligent«, sagte Detective Blake. »Wir wissen schließlich noch immer nichts von ihm. Nicht, wer er ist, und nicht, warum er mordet.«

»Wir werden bereits ein Menge über ihn wissen«, sagte Yamada, »wenn wir erst herausgefunden haben, warum er nur mordet, wenn es regnet.«

Es war für Sekio Yamada schon schwer verständlich, warum irgend jemand überhaupt Menschen tötete, und erst recht, aus welchem Grund jemand völlig unschuldige Frauen umbrachte.

Er selbst stammte aus einer glücklichen Familie. Er hatte drei Schwestern und liebevolle Eltern. Sie waren zuerst nach Amerika gegangen, wo Sekio sehr gerne gelebt hatte, bevor sie nach England zogen.

Er hatte damals alles über England gelesen, was er nur finden konnte, um über das neue Land, in das sie kamen, informiert zu sein. Engländer und Amerikaner waren recht verschieden. Bis in das 18. Jahrhundert hatte Amerika England gehört, das damals fast die ganze Welt beherrschte; Australien, Indien und Amerika waren alles englische Kolonien.

Aber in Amerika hatten sich Menschen angesiedelt, die ihre eigene Heimat verlassen hatten, um dort Freiheit zu finden. Die Amerikaner waren sehr selbstbewußt.

König George, der damals in England herrschte, hatte jedoch dafür wenig Verständnis. Er war in Geldnot und beschloß dem abzuhelfen, indem er eine Teesteuer einführte. Wenn die Amerikaner nun Tee aus England bekamen, sollten sie dafür diese Teesteuer bezahlen.

Als sie davon erfuhren, waren sie empört. Als dann ein Schiff mit Tee im Hafen von Boston eintraf, warfen sie die Teeballen, statt dafür die neue Steuer zu bezahlen, wütend ins Meer. Das nannte man später die Bostoner Tea-Party, und es war der Anfang der amerikanischen Revolution, der Unabhängigkeitsbewegung.

König George war außer sich. Er schickte sofort seine Truppen nach Amerika, um diese Aufrührer Mores zu lehren. Aber es kam ganz anders. Die Amerikaner besiegten trotz ihrer ungenügenden Waffen die britischen Rotröcke und erklärten ihre Unabhängigkeit von England. Damit hatte England eine seiner reichsten Kolonien verloren. Und alles wegen einer Teesteuer!

Sekio Yamada hatte diese Geschichte von jeher faszinierend gefunden. Er bemerkte immer stärker, welche großen Unterschiede zwischen Engländern und Amerikanern es gab. Die Amerikaner erschienen ihm offener und freundlicher. Dagegen kamen einem die Engländer mufflig und zurückhaltend vor – bevor man sie genauer kannte.

Selbst die Sprache war anders, stellte er fest. Was in Amerika ein *elevator* war, ein Aufzug, hieß in England *lift*. Die Motorhaube wurde in England *bonnet* genannt, in Amerika aber *hood*. Wenn in Amerika ein Theaterstück *bombte*, war das ein Durchfall mit Pauken und Trompeten, in England aber ein Riesenerfolg. Die Amerikaner aßen *potato chips*, Kartoffelchips, aber in England sagten sie dazu *crisps*. In England war ein Lieferwagen ein *van*, aber in Amerika ein *truck*, und ein amerikanischer Apotheker oder Drogist – *druggist* – hieß in England *chemist*. Und so gab es noch eine Menge Verschiedenheiten.

Aber so sehr Sekio Amerika gemocht hatte, England mochte er genauso gern. In England gefiel ihm lediglich das Wetter nicht. In Amerika hatten sie schöne warme Sommer erlebt, wo die Sonne den ganzen Juni, Juli und August schien. Aber in England war es die meiste Zeit im Sommer kühl und regnerisch.

Das Wort *regnerisch* erinnerte ihn wieder an den Würger. *Hatte dieser Mann je in seinem Leben Liebe erlebt? War er vielleicht als Kind geschlagen worden? Haßte er seine Mutter? Es muß Frauen gegeben haben,* dachte Sekio, *die ihm Schreckliches antaten, und deshalb rächt er sich jetzt dafür.*

Er setzte sich in seinem Stuhl zurück und dachte über

den Mörder nach. Niemand hatte sein Gesicht gesehen, es gab keinerlei Beschreibung von ihm. Er hatte seine Opfer einfach angefallen, getötet und war wieder verschwunden, wie vom Erdboden verschluckt. Nicht die kleinste Spur hinterließ er, nichts. *Kein Wunder, daß die Zeitungen Zeter und Mordio schreien,* dachte er. Bisher war dieser Mann wirklich sehr raffiniert gewesen.

An der Wand hinter ihm in dem Büro, das ihm zugeteilt worden war, befand sich ein Stadtplan. Mit Stecknadeln waren die Tatorte angezeigt.

»Sehen Sie sich das mal an«, sagte er zu Detective Blake. »Fällt Ihnen da etwas auf?«

Blake sah genau hin. »Die Stecknadeln bilden einen Kreis in Whitechapel.«

Whitechapel war eine eher verrufene Londoner Gegend mit heruntergekommenen Häusern und schäbigen Wohnungen.

Vielleicht wohnt der Täter in dieser Gegend, und vielleicht kannte er seine Opfer, dachte Sekio Yamada und beschloß einen Ortstermin als Augenschein. Vielleicht ergab sich dort ein Hinweis oder eine Spur.

Er fuhr in einem neutralen Dienstwagen in den Straßen von Whitechapel herum und versuchte, sich mit der Gegend vertraut zu machen. War dies wirklich das Viertel, wo der Würger lebte, oder kam er nur her, um sich hier wahllos seine Opfer zu suchen?

Zusammen mit Detective Blake erkundete er die Straßen samt ihren Lebensmittel- und Möbelgeschäften, Blumenläden und Eisenwarenhandlungen.

»Wonach suchen wir eigentlich?« fragte Blake.

Genau dies war natürlich das Problem. »Nach nichts und allem«, sagte Yamada. Vielleicht ergab sich in der näheren Umgebung der Tatorte irgendein Hinweis. Doch nirgends gab es das geringste zu entdecken, was aufschlußreich oder verdächtig gewesen wäre. Der Mörder stand auch nicht auf der Straße und rief: »Hier!«

Wie sollte man einen anonymen, gesichtslosen Mann in einer Millionenstadt finden?

Es braucht einfach ein Quentchen Glück, dachte Sergeant Yamada. *Vielleicht wird er unvorsichtig und macht mal einen Fehler.*

Tatsache allerdings war, daß sich der Würger bis jetzt noch jeder Fahndungsannäherung entzogen hatte.

Detective Blake sagte: »Vielleicht hat er ja schon genug vom Morden und ist fort, und es gibt keine weiteren Morde von ihm.«

Aber gerade da begann es zu regnen.

Und der Mörder schickte sich zu einer neuen Tat an.

3. Kapitel

Alan Simpson spürte den weichen Regen, und Freude stieg in ihm auf. Gott gab ihm zu verstehen, daß es Zeit war, die Welt von einer weiteren bösen Frau zu befreien.

Er ging durch den Regen und eilte an den Ort, wo er seine Opfer immer fand. Die Zeitungen schrieben, es gäbe keinerlei Verbindungen zwischen seinen Opfern! Wo es doch natürlich eine gab! Sie würden es nie herausfinden.

Der Mayfair-Supermarkt befand sich im Herzen von Whitechapel. Genau dort suchte er sich alle seine Opfer aus.

Er ging in das Geschäft hinein, schlenderte langsam durch die Gänge und beobachtete die einkaufenden Frauen. Sie waren alle Huren, alle. Taten so, als seien sie treue Ehefrauen und besorgten die Sachen, um Essen für ihre nichtsahnenden Ehemänner und Liebhaber zuzubereiten! Aber ihm konnten sie alle nichts vormachen. Er wußte, was sie waren. Und eine von ihnen mußte heute abend sterben.

Er musterte sie der Reihe nach, welche er aussuchen

sollte. Da war eine ältere grauhaarige Frau, die im Gemüse herumsuchte. Und dann sah er, wonach er suchte. Sie mochte über dreißig sein, von mittlerer Größe und mit einer Brille. Sie hatte einen enganliegenden Rock an mit einer Bluse. *Du bist es*, dachte er. *In ein paar Minuten bist du tot.*

Sie hieß Nancy Collins, war Krankenschwester und arbeitete in einem Krankenhaus nur ein paar Häuserblocks von ihrer Wohnung. Meistens arbeitete sie die Nachtschichten, aber heute hatte sie frei und war mit ihrem Verlobten verabredet. Dieser war ein Reisevertreter, also meistens unterwegs, weshalb sie sich nicht so oft sehen konnten, wie sie eigentlich wollten. Um so mehr freute sich Nancy auf den heutigen Abend mit ihm.

Sie wollte ein gutes Essen zubereiten, alles, was er gern mochte. Hackbraten, Kartoffelpüree, Salat, und zum Nachtisch hatte sie einen Schokoladenkuchen gekauft. Es würde bestimmt ein sehr schöner Abend werden, wenn sie dann noch zusammen auf dem Sofa saßen und Musik hörten.

Als sie ihre Einkäufe erledigt hatte, ging sie hinaus mit den Einkaufstüten im Arm, und da sah sie, daß es inzwischen regnete. *So ein Mist!* dachte sie. *Hoffentlich weicht mir nicht alles auf.* Sie hatte keinen Regenmantel mitgenommen, und bis zu ihrer Wohnung waren es vier Häuserblocks.

Aber es half nichts, auch wenn sie naß wurde. Als sie hastig losging, war plötzlich ein freundlich aussehender junger Mann an ihrer Seite. Mit einem Regenschirm.

Er lächelte sie an und sagte höflich: »Guten Abend. Sie werden ja ganz naß. Darf ich Ihnen meinen Regenschirm anbieten?« Und er hielt ihn über ihren Kopf.

»Das ist aber sehr nett von Ihnen«, sagte Nancy. Da sollte noch jemand sagen, es gäbe keine Kavaliere mehr.

»Haben Sie es sehr weit?«

»Vier Häuserblocks«, sagte Nancy.

»Ich begleite Sie gerne nach Hause«, sagte er. »Ich versäume nichts.«

Sein freundliches Angebot rührte sie. Es regnete inzwischen noch stärker.

»Wirklich sehr lieb von Ihnen«, sagte sie.

»Wäre doch arg, wenn Ihr hübsches Kleid ruiniert würde.«

Ein wirklich charmanter junger Mann, dachte Nancy. »Ich bin Nancy Collins«, sagte sie.

»Alan Simpson.« Es machte nichts aus, ihr seinen Namen zu sagen, weil sie ohnehin nicht mehr lange genug lebte, um ihn irgend jemandem zu sagen.

Sie gingen los. Die Straßen waren wegen des starken Regens inzwischen fast leer.

»Wohnen Sie hier in der Gegend?« fragte Nancy.

»Nicht weit weg«, antwortete er.

Sie waren an einer Ecke angekommen.

»Da runter«, sagte Nancy.

Sie bogen in die Straße ein, die sie gezeigt hatte, und diese war sogar völlig menschenleer. Nichts deutete allerdings darauf hin, daß hier gleich ein brutaler Mord stattfinden würde.

Alan Simpson sagte: »Soll ich Ihnen nicht Ihre Tüten tragen?«

»O danke, aber ich komme schon zurecht. Ich bin das gewöhnt.«

»Was machen Sie denn so beruflich?«

»Ich bin Krankenschwester.«

»Aha. Dann arbeiten Sie wohl in dem Krankenhaus hier ganz in der Nähe, wie?«

»Ja. Und Sie, was sind Sie?«

Er lächelte. »Ich bin Leichenbestatter.«

Sie sah ihn überrascht an. »Leichenbestatter?«

»Ja. Da sind wir praktisch in der gleichen Branche, nicht? Beide haben wir es mit dem Tod zu tun.«

Es war ein eigenartiger Ton darin, wie er das sagte, fand Nancy Collins. Sie spürte eine gewisse Beklemmung in sich aufsteigen. War es ein Fehler gewesen, sich von diesem Fremden begleiten zu lassen? Er sah zwar ganz harmlos aus, aber … Sie ging unwillkürlich ein wenig schneller. Er beeilte sich, Schritt zu halten, damit sie unter seinem Regenschirm blieb.

Sie hatte zunächst vorgehabt, ihn als Dank für seine Hilfe zu einer Tasse Tee einzuladen. Aber jetzt fand sie das keine so gute Idee mehr. Schließlich war ihr der Mann völlig unbekannt. Sie wußte doch nichts über ihn.

Sie waren inzwischen zwei der vier Häuserblocks weit gegangen. Sie war nicht mehr weit von ihrem Wohnhaus entfernt.

»Diese Straßen hier sind aber ziemlich dunkel«, sagte der Mann, und das stimmte auch. Hier schossen die Halbwüchsigen mit Vorliebe aus Spaß die Straßenlampen kaputt. Nancy Collins hatte sich schon oft bei der Stadt darüber beschwert, aber geschehen war nichts.

Es regnete jetzt noch stärker, und der aufkommende Wind peitschte den Regen zusätzlich.

Gott sei Dank nur noch eine oder zwei Minuten, dachte sie, *dann bin ich zu Hause.*

Ihr Begleiter schien Schwierigkeiten mit dem Regenschirm zu haben. Er blieb stehen und war so einen Augenblick hinter ihr. Und auf einmal spürte sie einen heftigen Stich im Rücken. Der Schmerz war so stark, daß sie aufschrie und ihre Einkaufstüten fallen ließ. Der Mann hatte ihr den Stich mit der Spitze seines Regenschirms versetzt.

»Was tun Sie denn da ...?«

Er hatte inzwischen einen Strick herausgezogen, den er ihr um den Hals schlang.

»Weg!« schrie sie auf, aber weit und breit war niemand, der sie hätte hören können. Der Strick um ihren Hals zog sich zu und würgte sie. Sie versuchte sich zu wehren, aber der Würger war zu stark. Sie sah ihn jetzt grinsen, wie er den Strick um ihren Hals immer weiter zuzog, während ihr die Sinne zu schwinden begannen. Er beobachtete, wie das Leben aus ihren Augen wich. Dann ließ er sie zu Boden sinken.

Er drehte sorgfältig ihr Gesicht nach oben in den Regen, damit dieser ihre Sünden fortwaschen konnte.

Er steckte den Würgestrick wieder ein und tat dann etwas sehr Merkwürdiges. Er hob die Einkaufstüten auf und packte alles, was herausgefallen war, sorgfältig wieder hinein, ehe er mit ihnen davonging.

Er hielt den Regenschirm eng über sich, damit er nicht naß wurde. Zehn Minuten später war er in seiner Wohnung und stellte die Einkaufstüten auf die Küchenanrichte.

Alles war wie immer sorgfältig geplant gewesen. Nach jedem Mord nahm er die Einkaufstüten seiner Opfer mit. Auf diese Weise bekam die Polizei keine Hinweise darauf, wo seine Opfer hergekommen waren. *Gar keine Frage*, dachte er lächelnd, *so schlau wie die Polizei war er allemal!*

Er begann, die Lebensmittel aus den Einkaufstüten auszupacken. Es machte ihm Spaß, festzustellen, was diese Frauen alles hatten kochen wollen. Diesmal waren es ein Hackbraten, Kartoffeln, Salat und Schokoladenkuchen. Er liebte Schokoladenkuchen.

Und er begann, das Abendessen für sich selbst zuzubereiten.

Nancy Collins wurde von einem vom Büro nach Hause eilenden Mann gefunden. Als er sah, daß sie schon tot war, lief er sofort zum nächsten Telefon. Er war so aufgeregt, daß er kaum etwas herausbrachte.

»Ist da die Polizei? Ich möchte ... einen Mord melden. Ich glaube jedenfalls es ist einer. Sie ist tot.«

»Wer ist tot?«

»Diese Frau da. Diese Leiche, die da auf der Straße liegt. Beeilen Sie sich!«

»Beruhigen Sie sich erst mal, und sagen Sie mir, wo das ist.«

Sergeant Sekio Yamada traf nach einer Viertelstunde mit dem Polizeiauto ein. Er veranlaßte als erstes eine Absperrung um den Tatort. Dann sah er sich sorgsam um und suchte nach Spuren. Aber er fand nicht die kleinste.

Er entdeckte die Würgemale um den Hals der Toten. »Sie ist erwürgt worden«, sagte er. »Aber der Strick, mit dem es geschah, fehlt.«

Kurz darauf kam der Wagen des Leichenbeschauers und transportierte die tote Frau ab. Es schien am Tatort für Sekio Yamada nichts mehr zu tun zu geben. Er sah sich noch ein letztes Mal um. Und da entdeckte er eine Tomate, die auf der Straße lag. Er hob sie auf und untersuchte sie genau, als könne sie ihm etwas erzählen.

»Ist das etwa eine Spur?« fragte Detective Blake.

Yamada war sich nicht sicher. Hatte diese Tomate vielleicht der toten Frau gehört? Oder hatte sie sonst jemand einfach auf der Straße fallen lassen oder verloren? Aber was hätte die Frau mit einer einzigen Tomate getan? Wer ging denn im stärksten Regen hinaus und kaufte eine einzige Tomate? Das ergab alles keinen Sinn.

Noch während er darüber nachdachte, hörte er Autos heranbrausen und blickte auf. Die Meute der Fernsehreporter und Fernsehteams mit Kameras und Mikrophonen kam herbei. *Woher konnten sie das mit diesem Mord nur so schnell wissen?*

Und schon prasselten die Fragen auf ihn ein.

»Ist dies wieder ein Mord des Würgers?«

»Wie hieß das Opfer?«

»Haben Sie schon Spuren?«

»Möchten Sie nicht endlich eingestehen, daß der Würger zu clever für Sie ist?«

Diese letzte Bemerkung schleuderte ihm wieder einmal dieser Billy Cash entgegen, der für das Revolverblatt *The London Chronicle* schrieb. Billy Cash war Spezialist für Berichte darüber, wie mangelhaft die Polizei arbeitete. Er war klein und häßlich und trug einen abgewetzten, grauen Anzug.

Sekio Yamada beherrschte sich mühsam. »Die Öffentlichkeit kann sich darauf verlassen«, erklärte er ruhig und sachlich, »daß wir alles Menschenmögliche tun, um den Täter zu fassen.«

»Mit anderen Worten, Sie wissen gar nichts«, rief Billy Cash.

Yamada sagte nichts von der Tomate. Immerhin wußte ja auch er noch nicht, ob sie wirklich ein Hinweis und eine Spur war.

Er sah eine Fernsehkamera auf sich gerichtet. »Sergeant, was genau unternimmt die Polizei, um die Frauen dieser Stadt vor weiteren Morden zu beschützen?«

Das war eine Fangfrage. Er konnte weder riskieren zu viel noch zu wenig zu sagen. Wenn er versprach, daß es keine Gefahr für die Frauen mehr gab, und es geschah doch ein weiterer Würgermord, dann fielen sie erst recht über ihn her. Und wenn er einräumte, daß keine Sicherheit für die Frauen von London existierte, dann löste er damit womöglich eine Panik aus.

»Ich bin nicht befugt, darüber zu sprechen, was wir konkret unternehmen«, sagte er deshalb lieber, »weil dies natürlich unter Umständen dem Täter Hinweise geben könnte.«

»Wollen Sie damit andeuten, daß Sie erwarten, ihn schon bald zu fangen?« fragte Billy Cash wieder.

»Ziehen Sie Ihre eigenen Schlüsse, meine Damen und Herren!« sagte Yamada, stieg in sein Polizeiauto und fuhr zusammen mit Detective Blake davon.

Sekio Yamada war sehr unglücklich darüber, wie die ganze Angelegenheit verlief. Er bedauerte die arme Frau, die soeben ermordet worden war, und wollte nichts, als den Täter möglichst rasch zu finden und damit den Wahnsinnigen zu stoppen, der die Straßen unsicher machte und sich nach Belieben Opfer suchte und sie tötete.

Wie kommt er an seine Opfer? überlegte er. *Wo findet er sie? Wie kommt er so nahe an sie heran, um sie töten zu können, ohne daß sie schreien und weglaufen? Sehr merkwürdig! Trug er vielleicht irgendeine Uniform, so daß er kein Mißtrauen erregte? Oder wohnte er hier in der Gegend und kannte seine Opfer?*

Aber er hatte keine Antworten auf all die Fragen.

»Ist der Autopsiebericht fertig?« Er hatte eine Weile ungeduldig auf diesen Bericht gewartet.

»Schon da, Sergeant! Aber es steht nichts Neues darin. Er ist genau wie die anderen.«

Und das stimmte.

Im Vergleich zu den Berichten über die anderen Opfer, die er schon gelesen hatte, stand nichts Neues darin. Auch diese letzten Opfer waren erdrosselt worden, eindeutig feststellbar an den von einem Strick am Hals herrührenden Strangulationsmalen. Auch hier war die gleiche Besonderheit wie bei allen anderen Opfern festgestellt worden: Etwas auf dem Rücken, wie es alle Autopsieberichte vermerkten. Eine Art Stichmal. Aber die Haut war nicht verletzt. Also mußte wohl etwas durch die Kleidung des Opfers gedrungen sein. Was es auch war, es konnte unmöglich den Tod der Opfer verursacht haben.

»Das ist sehr merkwürdig«, sagte er. »Wieso haben das alle Opfer auf gleiche Weise am Rücken? Und wodurch ist es verursacht?«

Aber er wußte keine Antwort auf diese Frage.

Und der andere Umstand, der ihn beschäftigte und nicht losließ, war, warum alle diese Morde im Regen geschahen.

Man hatte schon von Irren gehört, die immer nur bei Vollmond mordeten. Der Mond hatte angeblich Einfluß auf die Sinne des Menschen.

Aber was hatte es mit dem Regen auf sich? Was hatte ein Mann für einen Grund, seine Untaten ausschließlich nur dann zu begehen, wenn es regnete?

Sergeant Yamada schlief schlecht in dieser Nacht.

Als er am nächsten Morgen erwachte, schlug er als erstes die Morgenzeitung auf und sah nach dem Wetterbericht.

Und seine Laune sank, als er ihn las.

Heute Wolkig, abends voraussichtlich Schauertätigkeit.

War vielleicht zu erwarten, daß der Mörder auch heute wieder zuschlug?

4. Kapitel

Akiko Kanomori ahnte nicht, daß sie das nächste Opfer des Würgers werden sollte. Sie war vierundzwanzig Jahre alt, sehr schön und Bildhauerin. Man wußte, daß sie eines Tages sehr berühmt werden würde.

Ihre Arbeit wurde von der Kritik gepriesen. Im Moment gab es bereits eine Ausstellung von ihr in einer Kunstgalerie.

»Sie sind eine sehr talentierte Künstlerin«, sagte der Galeriebesitzer zu ihr. »Eines Tages werden Sie eine bedeutende Bildhauerin sein.«

»Oh, vielen Dank«, hatte Akiko Kanomori daraufhin errötend gesagt. Ihre Arbeit bedeutete ihr alles. Sie wollte aber auch gerne heiraten und Kinder haben, nur war ihr bisher noch kein Mann begegnet, den sie genug liebte, um ihn heiraten zu wollen. Heiratsanträge hatte sie schon mehrere bekommen, aber alle abgelehnt.

»Worauf wartest du denn?« fragte ihr Vater.

»Auf den Richtigen«, sagte sie.

Auch ihre Mutter bedrängte sie. »Jetzt hast du schon so viele Anträge bekommen, Akiko. Einen Bankier hättest du heiraten können, einen Arzt, oder –«

»Aber ich habe keinen davon wirklich geliebt, Mutter!«

»Ja, weil du nur deine Statuen liebst!«

In gewisser Weise stimmte das sogar. Akiko liebte es, schöne Skulpturen zu schaffen. Für sie war das fast wie die Erschaffung von Leben.

Aber ihr Vater beharrte darauf, daß sie lieber einen Mann aus Fleisch und Blut haben sollte.

Ihre Eltern wurden ihr in dieser Hinsicht so lästig, daß sich Akiko schließlich entschloß, zu Hause auszuziehen und allein zu leben. Sie fand eine kleine Wohnung in Whitechapel.

Für sie war es ideal, weil sie dort außer einem kleinen Wohnzimmer und einem Schlafzimmer auch einen großen zusätzlichen Raum hatte, den sie als Atelier benutzen konnte. Weil ihre Arbeiten auch bereits sehr gefragt waren, hatte sie reichlich zu tun.

»Ich kann alles verkaufen, was Sie machen«, sagte ihr Kunsthändler. »Können Sie nicht etwas schneller arbeiten?«

Aber da sagte Akiko: »Nein. Wenn ich schneller arbeiten würde, wären meine Statuen nicht mehr so gut. Ich muß das beste liefern, das mir möglich ist.«

»Natürlich, Sie haben ja recht«, entschuldigte sich der Kunsthändler. »Übrigens wünscht sich einer meiner besten Kunden eine Figur für seinen Garten. Es soll die Liebesgöttin Venus sein. Können Sie das machen?«

»Ja. Ich fange gleich damit an.«

Akiko hatte an dieser Statue zu arbeiten begonnen, wurde darüber aber ganz ruhelos. War es vielleicht eine Vorahnung? Ein Gefühl, daß ihr etwas Schreckliches zustoßen würde?

Wie auch immer, sie sah sich jedenfalls außerstande, zu arbeiten. *Mir fällt die Decke auf den Kopf*, dachte sie, *ich muß raus unter die Leute.* Sie sah aus dem Fenster. Am Himmel waren Wolken, aber nach Regen sah es nicht aus.

Ich werde ein wenig bummeln, dachte sie. Sie verließ ihre Wohnung. Draußen auf der Straße begegnete sie ihrer Nachbarin Mrs. Goodman.

»Guten Morgen«, sagte Mrs. Goodman. »Was treibt Sie denn heraus? Normalerweise arbeiten Sie doch den ganzen Tag in Ihrem Atelier?«

»Ja, ja«, sagte Akiko. »Aber irgendwie bin ich so unruhig.«

»Wohin geht es denn?«

Das war eine ganz gute Frage. Es gab so vieles in London, was man aufsuchen konnte. Als Akiko neu in London angekommen war, hatte sie wochenlang erst einmal die Stadt erkundet und zusammen mit ihren Freunden auch die verschiedenen Restaurants ausprobiert:

»Magst du italienisches Essen?«

»O ja, sehr«, sagte Akiko.

»Na gut, dann gehen wir zu Cecconi.«

Und das Essen dort war großartig.

»Magst du die indische Küche? Dann gehen wir mal in die Brasserie Bombay.«

Dort war das Essen scharf gewürzt, aber köstlich. Auch bei Le Gavroche hatten sie gegessen und bei Wheeler's.

Aber natürlich gab es in London mehr zu tun, als in Restaurants zu essen. Sie sah den Buckingham-Palast und schaute dem malerischen Wachwechsel der berittenen Garde zu.

Und sie besuchte den Tower von London und die Westminster-Abtei.

Das war jedoch längst nicht alles Interessante, was man von London wissen und kennen mußte.

»Warst du schon im Britischen Museum?«

»Nein.«

»Dann zeige ich es dir mal in meiner Mittagspause«, sagte eine Freundin.

»Ich freue mich sehr darauf.«

Aber als sie dann in dem Museum war, begriff sie rasch, daß es völlig unsinnig war, anzunehmen, man könne es in einer einzigen Mittagsstunde schnell einmal im Durchrennen besichtigen. Man brauchte vielmehr eine ganze Woche dazu, ach was, einen Monat, zwei Monate!

Die wunderbarsten Dinge aus alten Zeiten befanden sich dort, und die ganze Geschichte Londons schien darin versammelt zu sein.

An Kunst war sie natürlich noch interessierter. Deshalb wollte sie auch unbedingt die Tate-Galerie besichtigen und das Victoria-and-Albert-Museum, zu dem die Engländer selbst kurz nur V & A sagten.

Es gab ein riesiges Kaufhaus namens Harrod's, etwas ganz Unglaubliches. Als Akiko später einmal versuchte, es jemandem zu beschreiben, und man sie fragte, wie groß es denn sei, sagte sie nur: »Das zieht sich ewig hin.« In diesem großen Kaufhaus konnte man praktisch alles kaufen, was es nur zu kaufen gibt: Kleider und Möbel, Schallplatten und Bücher, Gemüse und Bestattungen, Klaviere und Bonbons. Man kam aus dem Staunen und Entzücken gar nicht mehr heraus.

Auch das England außerhalb der Städte fand Akiko einzigartig. Dort sah sie das grünste Grün ihres Lebens, und eines Tages hörte sie von einem wunderschönen kleinen Kurort namens Bath.

»Warum fahren wir nicht mal einen Tag oder zwei hin?«

Also fuhren sie nach Bath und wohnten im Hotel Royal Crescent. Dort hatten sie ein Zimmer mit einer privaten Sauna.

Akiko besuchte auch das Schloß Windsor, wo die königliche Familie wohnte. Doch ja, England war ein richtiges Wunderland!

An diesem speziellen Tag nun, als sie sich so ruhelos fühlte, hatte sie Lust, noch einmal den Tower von London zu besichtigen, wo die britischen Kronjuwelen aufbewahrt werden und ausgestellt sind.

Als Mrs. Goodman, die Nachbarin, also fragte, wohin es gehen sollte, antwortete ihr Akiko: »Ich will den Tower besichtigen.«

»Richtig, tun Sie das nur! Sie arbeiten sowieso viel zu viel. Ein hübsches Mädchen wie Sie sollte eigentlich einen Freund oder Ehemann haben!«

Mrs. Goodman hörte sich für Akiko wie ihre Eltern an. »Ach, damit eilt es mir nicht, wissen Sie.«

Sie nahm den Bus zur City und stieg am Tower, der alten großen Stadtburg, aus. Eine lange Schlange von Touristen wartete dort bereits auf Einlaß, und sie stellte sich hinten an. Ein paar Meter vor ihr stand ein hagerer, attraktiver junger Mann mit einem Regenschirm, doch sie beachtete ihn nicht weiter.

Auch Alan Simpson bemerkte seinerseits die junge hübsche Japanerin dicht hinter ihm nicht. Er war mit seinen Gedanken beim Tower.

Er kam oft hierher, und jedes Mal faszinierte es ihn aufs Neue. An diesem Ort hatten die Könige jahrhundertelang ihre Ehefrauen und Mätressen eingesperrt und nicht selten auch enthaupten lassen. Immer wieder stellte er sich lustvoll vor, wie die Köpfe dieser Frauen abgetrennt wurden und zu Boden fielen und dort noch etwas rollten. *Das geschah diesen Huren ganz recht, und die Könige wurden niemals dafür zur Rechenschaft gezogen*, dachte er. *Weil sie schließlich nur Gerechtigkeit übten, genau wie ich.*

Er sah sich um und musterte die wartende Menge, in der er selbst stand. *Wenn die wüßten*, dachte er, *wer ich bin, würden sie alle kreischen und davonrennen. Ich bin mächtiger als sie alle zusammen. Ich bin genauso mächtig wie die Könige von einst.*

Als dann die Tore geöffnet wurden und der Touristenstrom sich durch die Tore des Towers drängte, verspürte er eine gewisse Erregung. *Ich hätte damals in dieser Zeit leben müssen*, dachte er. *Da wäre ich selbst König gewesen.*

Eine Frau streifte ihn im Vorbeigehen und entschuldigte sich.

Alan Simpson lächelte freundlich. »Aber keine Ursache!«

Diese Frauen hier waren in keiner Gefahr. Er schlug nur nachts zu, und im Regen, wenn es sicher war. Er freute sich schon jetzt: *Heute nacht wieder. Der Wetterbericht ist günstig. Regen ist angesagt.*

Akiko war später beim Tee in einem kleinen Lokal in der Nähe des Britischen Museums. Sie liebte den englischen Tee. Zu diesem wurden immer auch kleine belegte Brötchen serviert. Und kleine Gläser mit Marmelade und kleines Gebäck. Das war herrlich. Sie achtete allerdings sehr darauf, nicht zuviel zu essen, weil alle diese guten Dinge dick machten, und sie war sehr stolz auf ihre Figur.

Nach dem Essen fühlte sie sich gleich viel besser. *Jetzt sollte ich aber wieder zurück an die Arbeit,* dachte sie. *Ich muß diese Statue, an der ich arbeite, zu Ende kriegen.* In der Galerie, wo sie ausgestellt hatte, sollte außerdem in zwei Wochen eine neue Ausstellung von ihr eröffnet werden, da wollte sie alles, was dafür vorgesehen war, fertigkriegen. Die Rechnung für ihren Tee betrug drei Pfund. London war auch ein sehr teures Pflaster. Sie bezahlte und fuhr mit dem Bus zurück nach Hause.

Sie arbeitete an ihrer neuen Skulptur, bis es dunkel wurde. Die Figur wurde sehr schön, das war schon zu erkennen. *Vielleicht werde ich morgen schon damit fertig,* dachte sie. Sie legte ihre Werkzeuge weg und wusch sich die Hände, um sie von dem Ton zu reinigen, mit dem sie modellierte.

Sie hatte nun den ganzen Abend nichts weiter zu tun. *Ich bleibe zu Hause und sehe ein bißchen fern,* dachte sie, *und mache mir etwas Gutes zu essen.* Sie ging in die Küche und machte den Wandschrank auf. Aber darin war nicht viel. *Ach, dann hole ich mir eben etwas,* beschloß sie. Nur fünf Häuserblocks entfernt war ein Supermarkt. Er hieß Mayfair-Markt.

Der Mayfair-Markt war voller Leute. Akiko nahm sich einen Einkaufswagen, fuhr damit durch die Gänge und versuchte, sich zu entscheiden, was sie zum Essen kaufen sollte. *Ein Hühnchen-Sukiyaki wäre vielleicht nicht schlecht,* dachte sie. Sie legte sich Nudeln, Gemüse und Sojasoße in den Wagen und begab sich dann zur Fleischtheke. Der Verkäufer dort war sehr freundlich. »Was darf es sein?«

»Ein Hühnchen zum Braten, bitte.«

»Wir haben sehr schöne da.« Er suchte eine Hühnchenbrust aus und zeigte sie ihr.

»Ja, gut, vielen Dank, die nehme ich. Wenn Sie die mir vielleicht gleich zurechtschneiden?«

»Aber gewiß doch, Miß.«

Dann hatte sie allmählich alles, was sie brauchte, und war dabei, den Supermarkt zu verlassen, als sie am Eingang stirnrunzelnd feststellte, daß es zu regnen begonnen hatte. *Warum habe ich keinen Regenmantel mitgenommen,* dachte sie. *Ich werde jetzt durch und durch naß. Aber hier kann ich nicht ewig stehenbleiben. Na gut, dann eben los.*

In diesem Augenblick erschien ein freundlich aussehender junger Mann an ihrer Seite, der ebenfalls gerade aus dem Supermarkt kam, und sagte: »Oh, das regnet aber stark, was?«

»Ja, ja.«

»Haben Sie einen Wagen da?«

»Nein«, sagte Akiko.

Er sah sie mitfühlend an. »Da haben Sie aber Pech.« Er hielt seinen Regenschirm hoch. »Ich habe wenigstens einen Regenschirm. Wohnen Sie hier in der Nähe?«

»Ein paar Häuserblocks von hier«, sagte Akiko und deutete in die Richtung.

»Na, ist doch prima, das ist auch meine Richtung. Kommen Sie doch mit unter meinen Schirm.«

»Sehr freundlich von Ihnen.«

»Aber das ist doch selbstverständlich«, sagte der junge Mann lächelnd.

Sie traten hinaus in den Regen. Akiko war froh, daß sie unter dem Schutz des Regenschirmes des unbekannten freundlichen Helfers war.

»Kommen Sie«, sagte dieser nun auch noch, »ich helfe Ihnen Ihre Sachen tragen.«

»Ach nein, das ist nicht nötig, vielen Dank. Das schaffe ich schon allein.«

Als sie durch den strömenden Regen weitergingen, sagte er: »Was das Londoner Wetter angeht, wissen Sie:

wenn man es nicht mag, braucht man auch nicht lange zu warten, und es ändert sich gleich wieder.«

»Da haben Sie recht«, sagte Akiko lächelnd.

Sie merkte überhaupt nicht, wie der Unbekannte sie ständig von der Seite unauffällig musterte und dabei dachte: *Du stirbst heute abend noch.*

Statt dessen dachte sie: *Ein wirklich netter junger Mann. Vielleicht sollte ich ihn, wenn wir bei mir angekommen sind, noch zu einer Tasse Kaffee einladen. So hilfsbereit, wie er ist, das ist ja wirklich nicht selbstverständlich.*

Am Ende des nächsten Häuserblocks überquerten sie die Straße, und dann waren sie genau an derselben Stelle, wo Alan Simpson auch sein letztes Opfer ermordet hatte. Er lächelte innerlich zufrieden. Wie diese hier erst schreien würde, wenn sie sich plötzlich bewußt wurde, was geschah! Warte nur, dauert keine Minute mehr!

Vor ihnen lag die dunkle Straße, in der die Straßenlaternen von mutwilligen Jugendlichen kaputtgeworfen waren. Genau dort sollte es nun wieder geschehen.

Noch etwas weiter, und Alan Simpson blieb kurz hinter Akiko zurück, die gleich danach einen plötzlichen scharfen Schmerz im Rücken verspürte. Ihre Einkaufstüte fiel zu Boden.

»Was ist denn ...?«

Da zog Alan Simpson bereits seinen Würgestrick aus der Tasche.

»Was machen Sie denn da …?«

Aber ehe sie noch mehr sagen konnte, spürte sie schon die Schnur um ihre Kehle. Der Mann stand über ihr und grinste, während er die Schlinge weiter zuzog. Akiko versuchte, um Hilfe zu schreien, konnte sich aber nicht mehr bewegen. Der Strick zog sich immer enger um ihren Hals, und sie verlor das Bewußtsein. *Ich sterbe*, dachte sie. *Ich sterbe …*

5. Kapitel

Ein helles Licht schien ihr ins Gesicht, und sie hörte lautes Schreien um sich her und dachte: *Jetzt bin ich gestorben, ich bin tot und an irgend einem sehr seltsamen Ort.*

»Sie lebt«, hörte sie eine Stimme sagen. Da fand sie den Mut, die Augen aufzumachen. Sie lag auf dem Gehsteig im Regen, und jemand hatte ihr einen Mantel unter den Kopf gelegt. Ein Dutzend Leute standen um sie herum und schienen gleichzeitig zu reden.

Akiko mühte sich zum Sitzen hoch. »Was ist ... was ist passiert?« fragte sie. Und dann fiel es ihr auf einmal wieder ein. Sie konnte den Strick spüren, wie er in ihren Hals schnitt, und den bösen Mann, der dazu grinste. Sie hatte zu schreien versucht ... und dann war alles um sie her schwarz geworden.

Ein gutaussehender junger Mann half ihr hoch.

»Ist wieder alles in Ordnung mit Ihnen?« erkundigte er sich.

»Ich ... weiß nicht«, stammelte sie mit zitternder Stimme.

»Ich bin Sekio Yamada von Scotland Yard.«

Akiko sah sich angstvoll um. »Wo ist der Mann, der mich umzubringen versucht hat?«

»Der ist, fürchte ich, entkommen«, sagte Sekio Yamada. »Sie haben sehr viel Glück gehabt. Zufällig kam gerade ein Taxi vorbei. Als der Fahrer sah, was der Mann im Begriff war, zu tun, hielt er an. Da geriet der Mörder in Panik und rannte davon. Der Taxifahrer rief bei der Polizei an, und hier sind wir.«

Akiko holte tief Atem. »Ich dachte, ich sterbe.«

Yamada musterte sie genau. Sie war jung und schön. Er fragte sich, ob sie verheiratet sei.

Akiko sah ihn ihrerseits an und dachte: *Ein wirklich gutaussehender Mann, und freundlich und fürsorglich scheint er obendrein zu sein.* Sie fragte sich, ob er wohl verheiratet sei.

Sekio wollte sie möglichst sofort eingehend befragen, um eine Beschreibung des Mörders zu bekommen. Aber er sah, daß sie völlig außer sich war und beschloß, doch lieber bis morgen zu warten. Dann konnte er ihr immer noch die nötigen Fragen stellen. Er sah sich um, ob irgendwelche Hinweise auf den Mörder da waren, die dieser in der Hast der Flucht hinterlassen habe. Aber da war nichts. Nur die aus der Einkaufstüte herausgefallenen Lebensmittel lagen weit verstreut herum.

Er fragte: »Sind das Ihre Sachen?«

Akiko zeigte sich von dieser Frage überrascht. »Ja, natürlich.«

Sekio war die Tomate wieder eingefallen, die er am Tatort des letzten Verbrechens gefunden hatte, und da kam ihm auf einmal ein Gedanke.

»Wo haben Sie diese Sachen eingekauft?«

Akiko sah ihn ziemlich erstaunt an. »Wo ich sie eingekauft habe?«

»Ja! Diese Lebensmittel alle.«

»Na, im Mayfair-Markt. Was hat das mit ...«

»Schon gut, nicht so wichtig«, log Yamada. Er war sich jetzt bereits sicher, daß er da eine erste Spur hatte. Natürlich: es mußte dem Mörder doch ein Leichtes sein, seine Opfer dort zu finden und sich herauszupicken, indem er ihnen anbot, ihre Einkaufstüten tragen zu helfen, um sie dann zu ermorden. Er war sich ganz sicher, daß er auf dem richtigen Weg war, den Mörder zu stellen.

Er sagte von alledem jedoch kein Wort zu Akiko, aber auch nicht zu Detective Blake oder sonst jemandem. Einer der herumstehenden Männer hatte inzwischen Akikos Einkäufe aufgehoben.

»Wir brauchen Ihre Personalien noch«, sagte Sekio Yamada zu Akiko.

»Kanomori. Akiko Kanomori.«

Sekio Yamada schrieb es in sein Notizbuch, ebenso wie ihre Adresse. Als er alles hatte, sagte er: »Einer meiner Leute wird Sie nach Hause bringen.«

Akiko hatte gehofft, Yamada würde das selbst tun. Sie war etwas enttäuscht.

Aber Sekio Yamada hatte es eilig, zum Mayfair-Markt zu kommen. Er war sich sicher, daß dort der Ausgangspunkt aller Taten des Mörders war. Eine gewisse Erregung hatte ihn befallen.

Er schreckte aus seinen Gedanken auf, als er ein Auto scharf anhalten hörte. Es war voller Reporter.

Schon war Billy Cash mit seiner Kamera bei ihm. »Was ist passiert?« rief er. »Hier soll es wieder einen Mord gegeben haben!«

»Alles ist unter Kontrolle«, sagte Yamada. »Fahrt nur weiter.«

Billy Cash sah Akiko an und bemerkte die Strangulationsmale an ihrem Hals. »Sie sind das angegriffene Opfer gewesen? Es war der Würger, der Sie umbringen wollte, nicht? Sie sind die erste, die ihm entkommen ist.«

Und er hob seinen Fotoapparat und machte ein Bild von Akiko.

Sergeant Yamada wurde wütend. »Das reicht jetzt! Dieses Foto werden Sie nicht drucken! Sie gefährden das Leben der jungen Frau damit! Ist das klar?«

»Sicher doch«, sagte Billy Cash und fragte Akiko ungerührt weiter: »Wie heißen Sie?«

»Das geht Sie gar nichts an«, fuhr ihn Sekio Yamada an. »Und jetzt verschwinden Sie.«

Er sah Billy Cash und seinen Kollegen ungehalten nach, als sie abzogen. »Tut mir leid«, sagte er dann zu Akiko. »Der Mann ist eine öffentliche Gefahr.«

Akiko lächelte. »Dann habe ich heute abend schon zwei solcher Gefahren überlebt.«

Sekio Yamada wandte sich an seine Leute. »Seien Sie so gut, und bringen Sie Miß Kanomori nach Hause. Sehen Sie zu, daß sie auch wirklich sicher ankommt.«

»Ja, Sir.«

Er wandte sich wieder an Akiko. »Können wir sonst noch etwas für Sie tun?«

»Ich bin noch ein wenig zittrig«, sagte Akiko, »aber es geht schon.« Ein Schauder überlief sie. »Diesen Supermarkt werde ich bestimmt nicht mehr betreten.«

Sekio Yamada jedoch dachte: *Aber andere Frauen werden es tun, so wie auch der Mörder wieder, doch dann schnappen wir ihn uns.* Er sah Akiko nach, wie sie in das Polizeiauto stieg. Sie beugte sich noch einmal heraus und sagte zu ihm: »Vielen Dank, und gute Nacht.«

Sergeant Sekio Yamadas nächster Weg war sein Büro, wo er sich ein Foto von Nancy Collins besorgte, des letzten Opfers des Würgers. Danach fuhr er zum Mayfair-Markt.

Dort ging es ziemlich zu, als er ihn betrat. Der Supermarkt war durchgehend geöffnet, Tag und Nacht. Leute, die tagsüber keine Gelegenheit zum Einkaufen hatten, fanden es praktisch, ihre Besorgungen abends erledigen zu können.

Ein Angestellter kam auf ihn zu. »Kann ich Ihnen helfen?«

»Ich möchte den Geschäftsführer sprechen.«

Ein paar Minuten danach saß er ihm gegenüber.

»Was kann ich für Sie tun?« erkundigte sich der Filialleiter.

Yamada zeigte seine Polizeimarke und holte das Foto von Nancy Collins aus der Tasche. »Ich wüßte gerne, ob Ihrem Personal diese Frau hier als Kundin bekannt ist. Vielleicht kaufte sie regelmäßig hier ein?«

Der Manager zuckte nur resigniert mit den Schultern. »Ach, wissen Sie, bei uns kaufen Tausende von Leuten ein, wie soll sich da jemand bestimmte Personen merken.«

»Es wäre nett, wenn Sie trotzdem einmal herumfragen könnten. Eventuell erkennt sie ja doch jemand.«

»Bitte«, sagte der Geschäftsführer. »Dann versuchen wir es eben.«

Sie gingen durch den riesigen Markt und zeigten den einzelnen Angestellten das Foto.

»Nein, nicht daß ich wüßte.«

»Ich schaue mir doch nicht die Gesichter der Kunden an, dazu habe ich gar keine Zeit.«

»Nie gesehen.«

»Ist das nicht die Frau, die ermordet wurde?«

»Nein, habe ich nie ... Augenblick ... Ja, genau, die habe ich neulich bedient.«

Scotland Yard. Sekio Yamada saß in einer Besprechung mit Inspector West.

»Dieser Angestellte hat sie als Kundin identifiziert. Im selben Supermarkt, wo auch Akiko Kanomori einkaufte.«

»Viel beweist das noch nicht«, sagte Inspector West.

»Ich bin ganz sicher, daß dies die richtige Spur ist«, beharrte Yamada aber. »Diese Tomate am Tatort von Nancy Collins Ermordung muß ihr aus der Einkaufstüte gefallen sein. Alle anderen Einkäufe sammelte der Würger ein und nahm sie mit. Kein Zweifel, wenn nicht zufällig das Taxi gekommen wäre, hätten wir Miß Kanomoris Lebensmitteleinkäufe nicht gefunden. Nach meiner Ansicht treibt sich der Würger mit einem Regenschirm am Mayfair-Markt herum, sucht sich eine Frau ohne Schirm aus und bietet ihr seine Begleitung nach Hause an. Und auf dem Weg bringt er sie um. Diese Male, die wir bei allen Opfern gefunden haben, könnten gut von der Spitze eines Regenschirms stammen. Er stößt sie ihnen vermutlich in den Rücken, sie lassen vor Schmerz ihre Einkaufstüten fallen, und inzwischen hat er den Überraschungseffekt ausgenutzt und ihnen seinen Würgestrick um den Hals gezogen. Er tötet sie und verschwindet spurlos.«

Inspector West saß eine ganze Weile regungslos da und musterte sein Gegenüber. Ein eifriger junger Mann.

»Interessante Theorie«, sagte er schließlich. »Und was wollen Sie mit ihr anfangen?«

»Ich hätte gerne«, antwortete Sekio Yamada, »ein halbes Dutzend Leute zusätzlich. Keine Sorge, nur an regnerischen Abenden. Sie sollen als getarnte Arbeitskräfte in den Supermarkt eingeschleust werden und dort unauffällig nach Männern mit einem Regenschirm Ausschau halten, die Frauen ihre Hilfe und Begleitung und den Schutz unter ihrem Schirm anbieten.«

Der Inspector seufzte. »Eine Offenbarung ist das nicht gerade, aber sehr viel mehr können wir im Moment wohl nicht tun. Also meinetwegen.«

»Danke, Sir«, sagte Yamada höflich.

»Wann wollen Sie denn anfangen?«

»Noch heute.«

Die Polizeibeamten waren über den gesamten Supermarkt verteilt. Sie hatten übliche Arbeitskittel an und versuchten auch sonst wie normale Arbeitskräfte auszusehen.

»Paßt auf wie die Habichte«, hatte ihnen Yamada eingeschärft. »Wir suchen einen Mann, der so tut, als kaufte er ein. Aber vermutlich kauft er nichts. Das einzig Sichere ist, daß er einen Regenschirm bei sich haben wird. Er wird Ausschau nach Frauen halten, die einkaufen waren und dann ohne Regenschirm dastehen. Auf diese Art macht er sich an seine Opfer heran. Wenn sie hinausgehen, und es regnet, bietet er ihnen seine Begleitung nach Hause an. Behaltet alle den Haupteingang im Auge. Sobald ihr eine solche Szene, wie ich sie euch gerade beschrieben habe, seht, schreiten wir ein. Alles klar? Noch Fragen?«

Sie waren bereits seit Stunden in dem Supermarkt. Es regnete immer noch, aber von einem Mann, wie sie ihn suchten, war weit und breit nichts zu sehen.

»Na ja«, vermutete Detective Blake, »heute ging ihm etwas schief, da kommt er bestimmt nicht noch einmal.«

»Im Gegenteil«, sagte Yamada, »eben deswegen kommt er noch einmal. Zum ersten Mal ist ihm heute etwas schiefgegangen. Das hat ihn bestimmt wütend gemacht, und es treibt ihn herum, so daß er ein neues Opfer sucht, das er haben muß. Er hat ja keine Ahnung, daß wir ihm schon auf der Spur sind.«

»Hoffentlich haben Sie recht. Ich hätte diese Sache gerne bald hinter mir.«

»Meinen Sie, ich nicht?«

Und Sekio Yamada dachte kurz an die hübsche Akiko Kanomori. *Ich bin froh, daß der Würger sie nicht umbringen konnte und daß sie jetzt in Sicherheit ist. Wenn sie über den ersten Schock hinweg ist, suche ich sie auf, damit sie mir eine genaue Beschreibung von dem Mann liefert.*

Akiko Kanomori verschloß in ihrer Wohnung sorgfältig alle Fenster und Türen. Noch immer stand sie unter dem Schock des schrecklichen Schicksals, das ihr beinahe widerfahren wäre.

Der freundliche Beamte hatte sie gefragt, ob er noch etwas für sie tun könne und ob er vielleicht noch eine Weile bei ihr bleiben solle. Aber sie hatte gesagt, nein, es geht schon, nur ein wenig zittrig bin ich noch.

Sie hatte längst keinen Hunger mehr, der war ihr vergangen. Sie hatte jetzt nur noch Angst. Sehr große Angst. *Zum Glück*, dachte sie, *weiß der Würger wenigstens nicht, wo ich wohne und wer ich bin. Keine Chance, daß er mich jemals wiederfindet.*

In der Redaktion *London Chronicle* sprach Reporter Billy Cash mit seinem Redakteur.

»Ich habe ihr Foto«, sagte er. »Das können wir morgen in der Frühausgabe auf die Titelseite nehmen.«

»Prima. Damit schlagen wir die Konkurrenz um Längen. Unsere Schlagzeile lautet: Das einzige Opfer, das dem Würger lebend entkam! Haben Sie auch ihre Personalien, Name und Adresse?«

»Leider nicht, dieser mufflige Detective war dort und hinderte mich daran. Aber das macht nichts. Es wird nicht lange dauern, bis sich Leser melden, die sie kennen.«

Am nächsten Morgen erwachte Akiko Kanomori schlagartig und hatte heftiges Herzklopfen. Sie hatte einen schlimmen Traum gehabt. Ein Mann versuchte sie zu ermorden, mit einem langen und brennendheißen Strick. Dann erst wurde ihr wieder klar, daß dies nicht nur ein Traum gewesen war, sondern auch Wirklichkeit. Sie war knapp dem Tod entronnen!

Ein Schauder überlief sie. *Ich muß darüber hinwegkommen*, dachte sie. *Ich kann nicht in ständiger Angst weiterleben. Sie werden ihn ja sowieso fangen. Dieser junge Kriminalbeamte machte einen sehr kompetenten Eindruck.*

Sie stand auf und merkte überrascht, daß sie starken Hunger verspürte. *Also macht Todesgefahr offenbar Appetit*, dachte sie verwundert. Sie beschloß, das kleine Restaurant an der Ecke aufzusuchen und dort zu frühstücken. Als sie aus dem Haus trat, begegnete ihr wieder Mrs. Goodman.

»Guten Morgen, Akiko«, sagte Mrs. Goodman. »Hat es Ihnen gefallen gestern im Tower?«

Akiko sah sie verdutzt an, bis sie sich wieder erinnerte. *Aber natürlich. Wie soll sie von dem Würger wissen und davon, daß er versucht hat, mich umzubringen. Das weiß ja niemand. Deswegen bin ich ja in Sicherheit. Er kann mich überhaupt nicht finden.*

Sie ging weiter zu ihrem Frühstückslokal. Vor diesem befand sich ein Zeitungskiosk. Und Akiko blieb wie angewurzelt stehen und hielt sich vor Schreck die Hand vor den Mund. Auf der Titelseite eines der Blätter sah ihr das eigene große Foto entgegen, und darunter stand eine dicke Schlagzeile:

> Unbekannte Tatzeugin lebt!
> Opfer entkommt Würger!

6. Kapitel

Akiko Kanomori war in heller Panik. Sie starrte ungläubig auf ihr eigenes Foto in der Zeitung. Jetzt erfuhr der Unbekannte, wer sie war und kam und holte sie sich erneut! Sie fühlte sich wie nackt, und als starrten sie alle an, die vorbeikamen.

Der Appetit auf ein herzhaftes Frühstück war ihr schlagartig vergangen. Sie drehte sich um und rannte zurück in ihre Wohnung, verschloß wieder Fenster und Türen und saß zitternd auf der Couch. *Was soll ich nur anfangen?* dachte sie.

Scotland Yard. Auch Sergeant Sekio Yamada sah die Morgenzeitung mit dem Foto Akikos groß vorne darauf. Er konnte es kaum glauben.

Dieser Reporter, dieser Billy Cash! Umbringen hätte er den Kerl können, ohne mit der Wimper zu zucken! Wider besseres Wissen hatte der Mann Akiko Kanomori in erneute Lebensgefahr gebracht!

Das Telefon klingelte. »Sie sollen sofort zu Inspector West kommen.«

Inspector West war außer sich. Vor ihm lag dieselbe Morgenzeitung. Er blickte auf, als Sekio Yamada eintrat.

»Was hat das zu bedeuten?« fuhr er ihn sogleich an. »Wie kommt dieses Foto der Zeugin in die Zeitung?«

»Das tut mir leid, Sir«, sagte Yamada. »Es ist sehr schwierig, die Presse unter Kontrolle zu halten.«

»Wissen sie auch ihren Namen?«

»Nein, Sir, das konnte ich zumindest verhindern. Sie wissen weder, wer sie ist noch wo sie wohnt.«

»Dann sorgen Sie wenigstens dafür, daß dies so bleibt!« knurrte ihn der Inspector an. »Schließlich ist sie die einzige Spur, die wir zu dem Killer haben.« Und dann sagte er noch leicht sarkastisch hinterdrein: »Mit Ausnahme Ihrer Tomate natürlich.«

Yamada bekam einen roten Kopf, aber er beherrschte sich und sagte nur: »Jawohl, Sir.«

»Kümmern Sie sich mal lieber um sie. Wenn sie die Zeitung gesehen hat, steht sie vermutlich vor dem Nervenzusammenbruch.«

»Ich fahre sofort zu ihr, Sir.«

Nach fünf Minuten war er auf dem Weg zu Akikos Wohnung.

Als es an der Wohnungstür klingelte, war Akiko vor Angst ganz starr. *Steht vielleicht dieser Killer schon draußen vor der Tür?* zuckte es ihr durch den Kopf. *Mit seinem Würgestrick in der Hand?*

Es klingelte noch einmal. Sie ging schließlich zur Tür.

»Wer ist da?«

»Sergeant Yamada.«

Sie erkannte seine Stimme und war sogleich ungeheuer erleichtert. Sie schloß auf und öffnete. Yamada sah noch die letzten Spuren der Panik in ihrem Gesicht.

»Darf ich hereinkommen?«

»Aber bitte, treten Sie ein.«

Er kam herein und sah sich um. Ihre Wohnung gefiel ihm. Sehr hübsch und sauber. Genau die Wohnung, die er sich als die ihre vorgestellt hatte.

»Nehmen Sie doch Platz, bitte.«

»Ich habe die Zeitung schon gesehen«, sagte er. »Sie sicher auch. Ich entschuldige mich.«

»Sie können ja nichts dafür.«

»In gewisser Weise schon. Ich hätte diesen Reporter lieber festnehmen lassen sollen.«

»Ich habe große Angst, ehrlich gesagt, daß der Würger noch einmal kommt und mich endgültig umbringen will.«

»Sie brauchen keine Angst zu haben, wirklich nicht. Erstens weiß er Ihren Namen nicht und zweitens nicht, wo Sie wohnen. Das Beste von allem ist sowieso, daß wir glauben, wir wissen, wie wir ihn fangen können.«

Ihr Gesicht hellte sich auf. »Tatsächlich?«

»Ja. Wir haben herausgefunden, wie er seine Opfer

findet. Sie kennen ja den Mayfair-Markt, wo Sie einkauften.«

»Ja.«

»Dort hat er Sie angesprochen, nicht wahr?«

»Ja«, sagte Akiko nachdenklich. »Es regnete, und er hatte einen Schirm und bot mir an, mich darunter nach Hause zu begleiten.«

»Genau das ist seine Methode. Wenn es regnet, geht er dorthin und sucht sich Frauen aus, die keinen Regenschirm haben, bietet sich als Begleitung nach Hause an und erwürgt sie auf dem Weg.«

Wieder erschauderte Akiko unwillkürlich. »Es war entsetzlich.«

»Wir fangen ihn«, versicherte Yamada. »Aber wenn wir ihn haben, müßten Sie ihn identifizieren.«

»Selbstverständlich«, nickte Akiko. »Ich könnte sogar seinen Kopf machen.«

»Wie bitte?«

»Ich kann seinen Kopf in Ton modellieren. Ich bin Bildhauerin, wissen Sie.«

»Tatsächlich?« rief Sekio Yamada, der diesen Glücksfall kaum fassen konnte.

»Ja«, nickte Akiko zur Bestätigung. »Das ist mein Beruf. Kommen Sie, ich zeige Ihnen mein Atelier.«

Sie standen auf, und Akiko führte ihn nach nebenan. Dort kam Sekio Yamada gar nicht mehr aus dem Staunen heraus über all die wunderbaren Statuen, die dort standen, manche in Lebensgröße, manche als Büsten von Männern und Frauen.

»Wundervoll!« rief er aus.

»Vielen Dank«, sagte Akiko errötend.

»Und Sie könnten also wirklich«, fragte er noch einmal nach, »einen Kopf des Würgers modellieren?«

»Aber gewiß doch. Den Kopf vergesse ich mein Leben lang nicht mehr.«

»Und wie lange würden Sie dazu brauchen?«

»Einen Tag oder zwei, länger nicht.«

»Das wäre ja großartig!« sagte Sekio Yamada. »Es würde uns ungeheuer weiterhelfen. Wir würden den Kopf fotografieren und die Bilder allen Zeitungen zustellen. Dann ist überall bekannt, wie er aussieht, und er kann sich nirgends mehr verbergen.«

Akiko hörte die Erregung in seiner Stimme. »Das mache ich gerne. Ich bin schließlich höchst interessiert daran, daß er gefaßt wird.«

Sekio Yamada sah sie an und dachte bei sich: *Gott, ist sie hübsch.* Er überlegte, ob sie wohl verheiratet sei.

»Haben Sie ...« forschte er vorsichtig, »... ich meine, leben Sie mit jemandem zusammen?«

»Nein, ich lebe allein.«

Das zu hören gefiel ihm gut. »Wenn Sie wollen, kann ich Ihnen Polizeischutz verschaffen. Dann hält sich ein Polizist solange bei Ihnen auf, bis wir den Killer gefaßt haben.«

Akiko dachte darüber nach. Die Vorstellung, einen fremden Mann in der Wohnung zu haben, bereitete ihr Unbehagen.

»Aber Sie sagten doch, daß ich nicht in wirklicher Gefahr bin, nachdem der Mörder nicht weiß, wie ich heiße und wo ich wohne?«

»Ja, schon.«

»Dann brauche ich doch eigentlich keinen Polizeischutz.«

Er nickte. »Ganz wie Sie wollen. Aber wenn es Ihnen recht ist, komme ich von Zeit zu Zeit selbst vorbei und sehe nach dem Rechten.«

»Das wäre sehr nett, ja.«

Sie lächelten beide. Sekio Yamada spürte, daß er sich noch nie so zu einer Frau hingezogen gefühlt hatte wie jetzt zu Akiko Kanomori.

»Tja«, sagte er verlegen, »dann will ich mal wieder los und Sie nicht länger von Ihrer Arbeit abhalten.«

»Ich fange sofort an mit dem Kopf«, versicherte ihm Akiko.

Sie sah ihm nach, als er ging, und sperrte die Tür hinter ihm wieder zu. *Wenn dies vorbei ist*, dachte sie mit Bedauern, *sehe ich ihn vermutlich nie wieder.*

Als Sekio Yamada aus Akikos Wohnung kam, sagte er zu seinem Kollegen Blake: »Sie will keinen Polizeischutz. Aber ich möchte trotzdem für ihre Sicherheit sorgen. Weisen Sie die Polizisten im Streifendienst an, sie im Auge zu behalten, speziell an regnerischen Abenden.«

»Glauben Sie denn, wir fangen den Kerl?« fragte Detective Blake.

»Aber selbstverständlich«, sagte Yamada. »Es geht mir auch darum, daß er nicht zuvor noch einen weiteren Mord begeht.« *Schon gar nicht an Akiko*, fügte er im stillen dazu.

Den Kopf des Würgers zu modellieren war schwieriger, als Akiko gedacht hatte. Das Problem dabei war nicht etwa, daß sie sich nicht an sein Gesicht erinnern konnte. Im Gegenteil, es hatte sich ihr nur zu gut eingeprägt.

Als sie den Ton zu kneten begann und die Kopfform und die ersten Gesichtszüge ausbildete, durchlebte sie ihren Alptraum ein zweites Mal. An jedes einzelne Wort von ihm erinnerte sie sich in aller Deutlichkeit.

»Oh, das regnet aber stark, was?«

»Ja, ja.«

»Haben Sie einen Wagen da?«

»Nein.«

»Da haben Sie aber Pech. Ich habe wenigstens einen Regenschirm. Wohnen Sie hier in der Nähe?«

»Ein paar Häuserblocks von hier ...«

Und wieder erschauderte sie in Erinnerung daran,

als ihr erneut klar wurde, wie knapp sie dem Tod entgangen war. Der Würger mußte gefaßt werden! Und sie würde dabei helfen.

Sie machte sich energisch wieder an die Arbeit.

Sekio Yamada saß wieder im Büro von Inspector West.
»Also die Zeugin ist Malerin, sagen Sie?«
»Nein, Bildhauerin. Sie macht Statuen, Figuren.«
»Und sie kann den Kopf des Würgers modellieren?«
»Ja. Sie arbeitet im Augenblick bereits daran.«
»Es ist Ihnen klar, daß sie sich in einer sehr gefährdeten Lage befindet? Sie ist die einzige, die ihn identifizieren kann. Wenn er herausfindet, wer sie ist und wo sie wohnt, versucht er zweifellos, sie noch einmal umzubringen, und diesmal endgültig. Wir stellen sie lieber unter Polizeischutz.«

»Habe ich ihr schon angeboten«, sagte Yamada. »Aber sie will nicht. Ich habe trotzdem veranlaßt, daß die Polizeistreifen von Zeit zu Zeit nachsehen, ob alles in Ordnung ist bei ihr. Außerdem habe ich die Absicht, sie zu drängen, daß sie fortgeht, die Stadt verläßt, irgendwo anders hin, bis der Fall erledigt ist und wir den Würger gefaßt haben.«

»Gar keine schlechte Idee«, sagte der Inspector.

»Der Wetterbericht sagt für heute abend wieder Regen an«, fuhr Yamada fort. »Da kann es leicht sein, daß er wieder zuzuschlagen versucht. Ich möchte deshalb das Sonderkommando wieder im Supermarkt haben.«

Inspector West nickte. »In Ordnung. Fangen Sie mir den Kerl!«

Auch Alan Simpson hatte Akikos Foto auf der ersten Seite des *London Chronicle* gesehen. Es war ein sehr scharfes Foto, und man konnte tatsächlich sogar die Würgemale von seinem Strick erkennen, den er ihr um den Hals geworfen und zugezogen hatte, um sie zu erdrosseln ... bis dann dieses blöde Taxi daherkommen mußte, das ihn zur abrupten Flucht zwang. Sein erster Fehlschlag, sein allererster!

Selbstverständlich konnte er das Risiko nicht eingehen, daß diese Frau gegen ihn aussagte. *In der Zeitung stand zwar kein Name und keine Adresse*, dachte er, *aber das kriege ich schon heraus. Und dann wird die Sache zu Ende gebracht.*

Trotzdem, er war sehr frustriert. Er war wütend auf sie, weil sie ihm entkommen war. *Ich kriege sie*, versprach er sich selbst. Doch im Augenblick brauchte er erst einmal dringend ein anderes Opfer. Der Wetterbericht kündigte Regen für den Abend an. *Gut, da suche ich mir im Mayfair-Markt eine neue aus.*

Sergeant Sekio Yamada vergewisserte sich im Mayfair-Supermarkt persönlich, ob auch alle Leute seines Sonderkommandos auf ihrem Posten waren. Einige davon standen als Verkäufer hinter den Theken, andere markierten Kunden und wanderten mit Einkaufswagen in den Gängen umher.

Draußen regnete es stark. Ein großer, hagerer Mann betrat den Supermarkt. Er hatte einen Regenschirm bei sich. Er begann herumzuschlendern und studierte die Waren auf den Regalen.

Sekio Yamadas Nervosität stieg. Könnte er das sein? Er signalisierte seinen Leuten, den Mann besonders im Auge zu behalten.

Alan Simpson sah sich nach seinem nächsten Opfer um. Es waren viele Frauen da, die Lebensmittel für ihre Männer oder Freunde einkauften. *Tja, eine von euch,* dachte er, *wird heute nicht mehr nach Hause kommen. Aber welche?*

Er fühlte sich bei dieser Auswahl seiner Opfer wie Gott selbst. Er entschied, welche starben und welche weiterleben durften. Es war ein großartiges Gefühl.

Eine fette Frau ohne Schirm, ungefähr Anfang fünfzig, kaufte an der Konditoreitheke einen Kuchen.

Die hat schon genug zu essen gehabt, entschied Alan Simpson bei sich. *Die ist es.* Er begab sich zum Eingang.

Sekio Yamada ließ ihn nicht mehr aus den Augen und machte sich bereit, ihn festzunehmen.

Die fette Frau bezahlte für ihren Kuchen und ging

zum Eingang. Dort blieb sie kurz stehen und sah hinaus in den Regen. »O Gott!« sagte sie laut . »So ein Wetter. Und ich habe keinen Schirm mitgenommen!«

Alan Simpson lächelte. Er trat neben sie und sagte: »Wenn ich Ihnen behilflich sein kann?« Aber in diesem Augenblick merkte er, wie ihn zwei Verkäufer hinter einer Theke fixierten. Er sah sich um und erkannte, daß noch mehr Männer da waren, die ihn mit ihren Blicken nicht losließen.

Verdammt, die Polizei, dachte er. *Eine Falle!* Sie waren überall! Aber sie konnten doch überhaupt nicht wissen, wer er war?

Die Frau neben ihm sagte inzwischen. »Sie haben einen Regenschirm! Ich wohne gar nicht weit von hier. Wenn Sie vielleicht so nett wären –«

»Tut mir furchtbar leid«, sagte Alan Simpson jedoch hastig. »Aber ich warte auf meine Frau. Guten Abend!«

Und er drehte sich um und ging hinaus.

Sekio Yamada war enttäuscht. Einen Moment lang hatte er schon geglaubt, den Würger zu haben. Aber offensichtlich war es der Falsche. Er signalisierte seinen Leuten Entwarnung.

Draußen auf der Straße aber stand Alan Simpson mit heftigem Herzklopfen. Also hatten sie entdeckt, daß es der Mayfair-Supermarkt war, wo alles immer begann! *Fast hätten sie mich gekriegt.* Das sollte ihm nicht noch einmal passieren. Oh, weitermorden würde er natürlich. Aber künftig von einem anderen Supermarkt aus.

Doch zunächst muß ich herausfinden, wie diese Zeugin heißt, die mich identifizieren kann. Sie muß sterben.

7. Kapitel

Sergeant Sekio Yamada hatte eine weitere Besprechung mit Inspector West.

»Leider scheint Ihre Theorie doch nicht so ganz zu stimmen«, sagte West. »Der Würger ist gestern abend nicht in den Mayfair-Markt gekommen, und die Leute der Sondereinsatztruppe haben nur ihre Zeit verschwendet.«

Doch Yamada gab sich nicht so leicht geschlagen. »Lassen Sie mir etwas Zeit, Inspector. Ich bin ganz sicher, er taucht dort wieder auf.«

»Und wer sagt Ihnen, daß er sich seine Opfer nicht auch in anderen Supermärkten holt?«

»Nun, bisher sind alle Morde in dieser Gegend passiert. Außerdem wissen wir zuverlässig, daß er sich dort jedenfalls an seine beiden letzten Opfer heranmachte. Sie wissen besser als ich, daß sich Serienmörder immer nach einem festen Muster verhalten. Das feste Muster unseres Mannes ist genau dies.«

Inspector West dachte nach. »Also gut, ich gebe Ihnen noch einmal drei Tage Zeit. Wenn sich dann nichts ergeben hat, ziehe ich Sie von dem Fall ab.«

Sekio wollte um keinen Preis, daß man ihm diesen Fall wegnahm. Einer der Gründe dafür war, daß er Akiko Kanomori beschützen wollte. Er dachte inzwischen praktisch pausenlos an sie.

Er hatte durchaus schon einige sehr schöne Frauen gekannt, und auf viele hatte er auch Eindruck gemacht. Einige hätten ihn sofort geheiratet, aber er hatte keine wirklich geliebt. Für ihn stand fest, daß er nur dann heiraten werde, wenn er eine Frau wirklich liebte. Die einzige, zu der er sich wirklich stark hingezogen fühlte, war nun Akiko. Er wollte sie näher kennenlernen.

Deshalb sagte er entschlossen zu Inspector West: »Ich verstehe, Inspector. Ich bin ganz sicher, wir fassen den Würger sehr schnell.«

Akiko dachte ebenfalls ständig an Sekio Yamada; nicht nur, weil er ein sehr gutaussehender Mann war – solche Männer hatte sie schon viele gekannt –, sondern vor allem, weil er ein sehr feinfühliger Mann zu sein schien. Er war sachlich vernünftig und fürsorglich zugleich und sichtlich intelligent. Genau das waren die Qualitäten, die Akiko bei einem Mann suchte.

Sie wollte nicht nur in ihrem eigenen Interesse, sondern auch Sekio Yamada zuliebe den Kopf des Würgers möglichst rasch zu Ende modellieren. Sie wußte, daß ihm dies sehr helfen würde. So blieb sie in ihrem Atelier und arbeitete pausenlos.

So groß die seelische Belastung für sie auch war, die Gesichtszüge ihres Beinahemörders zu formen, zwang sie sich doch dazu, nicht nachzulassen. Sie hatte sein Gesicht in ihrem Gedächtnis genau vor sich.

Sie hatte sich einen großen Klumpen Ton genommen, ihn auf einen Sockel gesetzt und tief Luft geholt, bevor sie mit der Arbeit begann.

Das erste waren Stirn und Nase gewesen, danach setzte sie Mund und Augen, trat zurück und betrachtete sich das Ergebnis kritisch. *Nein. Die Augen sind zu groß, und die Nase ist zu klein.* Sie ebnete den Ton wieder und begann neu zu modellieren.

Wenn sich der Ton nur nicht so lebendig angefühlt hätte, jedesmal, wenn sie ihn berührte! Es war etwas fast Böses an ihm. Als sei der Geist des Mörders darin und versuche, herauszukommen.

Sie wurde das Gefühl nicht los, der Würger werde, sobald sie mit dem Kopf fertig sei, leibhaftig daraus hervorspringen und sie anfallen. Es war ihr klar, wie lächerlich das war. Aber die Vorstellung ließ sich einfach nicht unterdrücken.

Nicht, daß sie abergläubisch gewesen wäre. Aber da war etwas an dem Modellierton, das sich nicht erklären ließ. Noch nie hatte sie so etwas erlebt.

Es klopfte. Sie ging zur Tür, machte aber nicht auf.

»Ja? Wer ist da?«

»Mrs. Goodman!«

Sie machte der Nachbarin die Tür auf. Mrs. Goodman sah sie an und sagte: »Gott sei Dank, Sie sind gesund und munter.«

»Was? Wieso?«

»Ich habe Ihr Bild in der Zeitung gesehen und gelesen, daß Sie nur knapp dem Würger entgangen sind! Oh, Sie Arme! Ich hatte ja keine Ahnung! Es muß schlimm für Sie gewesen sein!«

»Das war es, ja«, sagte Akiko. »Ich dachte schon, mein letztes Stündlein hat geschlagen!«

»Wie sah er denn aus, dieser Würger?« fragte Mrs. Goodman.

Akiko dachte kurz nach. Wie sollte man das Böse dieses Menschen erklären? Wie das Lächeln auf seinem Gesicht, während er sie zu erdrosseln versuchte? Und wie wollte sie ihr eigenes Entsetzen beschreiben?

»Er war jung«, sagte sie.

»War er häßlich?«

Innerlich auf jeden Fall, dachte Akiko. *Innerlich war er häßlich, ja.*

»Nein. Er sah eigentlich ganz freundlich aus. Wenn man ihn auf der Straße sehen würde, käme man nie auf den Gedanken, daß er dieser Würger ist. Es war sogar etwas ... wie soll ich sagen ... Unschuldiges um ihn.«

Mrs. Goodman hatte ganz große Augen. »O Gott, o Gott! Und wie haben Sie ihn kennengelernt? Ich meine, wie kam es dazu, daß er Sie angriff?«

»Ich war einkaufen. Es fing zu regnen an, und ich hatte keinen Regenschirm mit, er hatte aber einen und bot mir an, mich nach Hause zu begleiten.«

Noch während sie es erzählte, überlegte sich Akiko, ob sie nicht vielleicht schon zuviel ausplauderte und ob Sergeant Yamada es gutheißen würde, wenn sie mit irgendwem über die ganze Sache sprach. Aber Mrs. Goodman war schließlich eine vertrauenswürdige alte Bekannte.

»Wir machten uns also auf den Weg«, sagte sie und in der Erinnerung daran überlief sie wieder ein Schauder. »Und plötzlich, mitten auf einer dunklen Seitenstraße, stieß er mir die Spitze seines Regenschirms in den Rücken. Ich ließ vor Schreck meine Einkaufstüte fallen, und bevor ich noch begriffen hatte, was geschah, hatte ich schon einen Strick um den Hals.«

Mrs. Goodmans Gesicht war voller Mitgefühl. »Und dann? Was geschah dann?«

»An mehr erinnere ich mich nicht«, sagte Akiko. »Ich habe dann wohl das Bewußtsein verloren. Erst hinterher erfuhr ich, daß mir ein nur zufällig vorbeikommendes Taxi das Leben rettete. Der Taxifahrer sah, was da vorging und hielt an. Da rannte der Würger davon.«

Mrs. Goodman sah sinnend auf Akiko und sagte dann: »Ich habe eine Idee. Kommen Sie doch zu mir, und bleiben Sie ein paar Tage. Ich habe genug Platz in meiner Wohnung.«

»Das ist sehr freundlich von Ihnen«, sagte Akiko. »Aber es geht nicht. Ich habe zu arbeiten.«

»Kann das denn nicht warten?«

Akiko dachte daran, wie sehr Sergeant Yamada darauf wartete, daß sie den Kopf des Würgers fertigmodellierte.

»Nein, leider nicht«, sagte sie.

Mrs. Goodman seufzte. »Lassen Sie es mich aber wissen, falls Sie es sich doch anders überlegen. Ich möchte nur verhindern, daß Ihnen noch einmal etwas zustößt.«

Akiko lächelte. *Ich auch.* »Machen Sie sich keine Sorgen. Mir passiert schon nichts mehr.« *Sergeant Yamada sorgt schon dafür.*

Alan Simpson war zornig. Er kam nicht darüber hinweg, daß ihm ein Opfer entwischt war. *Wenn nur dieses Taxi nicht gewesen wäre!* Jedenfalls kam nicht in Frage, daß sie am Leben blieb und ihn identifizierte! Irgendwie mußte er sie finden und töten.

Vor hundert Jahren hatte es in London schon einmal einen berüchtigten Frauenmörder gegeben. Man nannte ihn *Jack the Ripper*. Auch er hatte damals ganz London in Angst und Schrecken versetzt und ein Dutzend Frauen ermordet. Er war niemals gefaßt worden, und aus diesem Grund war er unsterblich geworden. Noch heute redete man von ihm.

Auf abwegige Weise sah sich auch Alan Simpson als ein *Jack the Ripper*, einen legendären Verbrecher, der niemals zu fassen sein würde. Eines fernen Tages würde er als alter Mann sterben, ohne daß jemals jemand wußte, wer er wirklich gewesen war. Und noch hundert Jahre lang würde man danach auch von ihm reden, von dem geheimnisvollen Würger, der zu gerissen für die Polizei war, als daß sie ihn gefangen hätte.

Während er so auf der Straße dahinging, spürte er einen Regentropfen. *Gott sei Dank war gerade Regenzeit in London!*

Er mußte ein neues Opfer haben! Damit er diese Wut aus dem Leib kriegte! Er mußte seine Mutter ein weiteres Mal bestrafen! Als wäre es gestern gewesen, sah er diese Szene wieder vor sich, wie er damals im Regen stand und sie beobachtete, wie sie einen Fremden küßte. Der Zorn darüber nahm ihm auch jetzt noch, wie immer, fast den Atem.

Er sah sich um. Er mußte sich einen neuen Supermarkt suchen. Jetzt, da die Polizei vom Mayfair-Markt wußte, konnte er es nicht riskieren, wieder dorthin zu gehen. Dort lauerten sie ihm zweifellos auf. *Und alles nur, weil dieses Luder entkommen ist!*

Es begann, stärker zu regnen. Er spürte, wie seine innere Erregung wuchs. Einige Häuserblocks von seinem Wohnhaus entfernt gab es noch einen Supermarkt.

Doch dort ein neues Opfer zu suchen war zu riskant. Dort kannte man ihn, weil er da selbst immer einkaufte.

Statt dessen ging er noch zehn Häuserblocks weiter in die entgegengesetzte Richtung, bis er zu einem kleineren Selbstbedienungsladen kam. Er betrat ihn und sah sich vorsichtig um, ob auch keine Polizisten auf der Lauer nach ihm lagen. Aber er konnte nichts Verdächtiges entdecken.

Ein Angestellter kam zu ihm. »Kann ich Ihnen helfen?«

Alan Simpson war schon in Versuchung zu sagen: *Gewiß. Wenn Sie mir vielleicht eine geeignete nette Frau aussuchen würden, die ich dann erwürgen könnte?* Aber das sagte er natürlich nicht.

Dafür sagte er: »Vielen Dank, ich sehe mich nur ein wenig um. Ich weiß noch nicht, was ich heute zu Abend essen möchte.«

Es war immer ein anregendes Spiel zu raten, was er dann wirklich zum Abendessen bekommen würde. Das hing davon ab, was sein Opfer in der Einkaufstasche hatte. Einmal waren es Lammkoteletts, die er sich gut schmecken ließ, ein andermal Fisch, der ihm aber nicht besonders gemundet hatte. Was ihm geschmeckt hatte, war lediglich, daß er die Frau mit dem Fisch umbrachte. War ihr ganz recht geschehen.

Jetzt beobachtete er die einkaufenden Kunden. Es

waren drei Männer und etwa ein Dutzend Frauen. Eine Frau ging am Stock. *Das wäre zu leicht,* dachte er. Eine andere Frau hatte zwei Kinder bei sich. Sein Blick wanderte über sie hinweg weiter. Und dann sah er, was er suchte.

Eine junge Frau, die ein wenig wie seine Mutter aussah! *Perfekt!* Und sie war ohne Schirm! Sie stand an der Fleischtheke. Hoffentlich kaufte sie etwas, das er gerne aß!

Er beobachtete sie, wie sie zum Ausgang ging, und folgte ihr rasch. Sie blieb stehen und sah hinaus in den Regen. Da war er schon neben ihr. »Regnet ziemlich heftig, was?« sagte er und nickte ihr zu.

»Ja, und ich habe keinen Schirm dabei!«

»Ich habe einen«, bot er sich an. »Wohnen Sie in der Nähe?«

»Gar nicht weit«, sagte die Frau. »Aber ich möchte Sie nicht in Anspruch nehmen!«

»Welche Richtung haben Sie?«

»Dorthin.« Sie deutete.

»Na sehen Sie, ich auch«, sagte Simpson. »Da können wir zusammen gehen.«

»Sehr freundlich.«

»Gar keine Ursache!«

Und sie gingen hinaus auf die Straße.

»Kommen Sie«, sagte Alan Simpson, »ich trage Ihnen Ihre Tasche!«

»Das ist aber wirklich nicht nötig. Die kann ich schon alleine tragen.«

Nie wollen sie sich von ihren eingekauften Sachen trennen. Keine.

»Wohnen Sie auch hier in der Gegend?« fragte die Frau.

»Ja«, log er.

»Sehr angenehme Gegend, nicht?«

Er nickte. »Ja, unbedingt. Ich wohne sehr gerne hier.«

Sie kamen in eine dunkle Seitenstraße, und Simpsons Herz begann schneller zu schlagen. *In ein paar Minuten weiß ich, was ich zum Abendessen bekomme.* Er hatte Hunger. Morden machte ihn sehr hungrig.

»Da vorne an der Ecke müssen wir abbiegen«, sagte die Frau.

Sie bogen ab und gingen die Straße entlang, die noch dunkler war als die anderen. Simpson vergewisserte sich, daß niemand in Sicht war. Diesmal sollte ihm kein überraschend auftauchendes Taxi ins Handwerk pfuschen!

Er wartete bis zur Mitte des Blocks, wo es am düstersten war. Dann setzte er dazu an, hinter der Frau zurückzubleiben, um ihr die Schirmspitze in den Rücken zu stoßen, als die Frau sagte:

»Schauen Sie mal, es hat aufgehört zu regnen.«

Er blieb verdutzt stehen und blickte hoch. Es stimmte, der Regen hatte aufgehört. Er stand da und wußte nicht, was er tun sollte. Er sah seine Szene vor sich, wie er im Regen stand und seine Mutter beobachtete, die den Fremden küßte, und wie ihm der Regen ins Gesicht peitschte und ihn bis auf die Haut durchnäßte. Und jetzt war auf einmal kein Regen mehr da.

Die Frau starrte ihn an. »Ist was?«

Ich brauche den Regen, dachte Alan Simpson. *Ohne Regen kann ich nicht morden.*

»Ist Ihnen nicht gut?«

Er zwang sich zu einem Lächeln. »Nein, nein, alles in Ordnung.«

Er setzte den Schirm ab, und sie gingen weiter. Er war frustriert und wütend. Er hätte die Frau ja allein weitergehen lassen können, doch das wäre aufgefallen und hätte Verdacht erregt. Also begleitete er sie bis zu ihrer Wohnung.

»Das war wirklich sehr freundlich von Ihnen«, sagte die Frau. »Vielen, vielen Dank.«

»Keine Ursache«, sagte er.

Die Frau erfuhr niemals, wie nahe sie an diesem Abend dem Tod gewesen war.

8. Kapitel

Sergeant Sekio Yamada und seine Leute lagen noch bis fünf Uhr morgens im Mayfair-Markt auf der Lauer. Erst als sich auch dann der Würger nicht gezeigt hatte, beschloß Yamada, die Aktion abzubrechen.

»Ihr könnt alle nach Hause gehen«, sagte er. »Er kommt nicht mehr.«

Er war sehr enttäuscht. Er war sich so sicher gewesen, direkt auf der Spur des Würgers zu sein. *Ich habe mich also geirrt*, dachte er.

Er hatte keine Ahnung, daß der Würger ihn und seine Leute gesehen und erkannt hatte und geflüchtet war.

Yamada fuhr nach Hause und schlief sich erst einmal richtig aus, was er dringend nötig hatte. Er träumte von Akiko. Daß sie verheiratet waren und in einer schönen Wohnung lebten. Als er aufwachte, lächelte er noch immer selig. Er rasierte sich, duschte und zog sich an. Er überlegte, wie weit Akiko wohl mit dem modellierten Kopf des Würgers war. Er rief sie an, und sie erkannte seine Stimme sofort.

»Hier ist Sergeant Yamada.«

»Ja, ich weiß«, sagte sie.

Es gefiel ihm, daß sie ihn bereits an der Stimme erkannte. Er erkundigte sich, wie weit sie war.

»Es ist nicht so leicht, wie ich gedacht hatte«, sagte Akiko.

Es war nicht leicht für sie, zuzugeben, was mit ihr geschehen war. Der Kopf des Würgers war wie etwas Böses. Jedesmal, wenn sie daran weiterarbeiten wollte, schien er lebendig zu werden. Als sie seine Augen formte, schienen sie sie anzustarren. Als sie seine Lippen modellierte, schienen sie sich abschätzig zu kräuseln. Sie hatte das Gesicht nun schon mehrmals angefangen, aber jedesmal hatte sie dieses Angstgefühl gepackt, und sie hatte das Gesicht sofort wieder zerstört.

Jetzt sagte sie am Telefon nur: »Ich habe ein wenig Schwierigkeiten damit.«

»Das tut mir leid zu hören«, sagte Sekio. Er hatte darauf gezählt, daß sie ihm das Gesicht des Würgers verfertigte.

»Aber keine Sorge«, sagte Akiko, »ich kriege ihn schon fertig. Es dauert lediglich ein wenig länger, als ich dachte. Vielleicht bin ich bis morgen soweit.«

»Also gut«, sagte Sekio Yamada. »Dann komme ich morgen mal vorbei und sehe nach, wie es steht?«

»Ja, tun Sie das.«

Als Akiko den Hörer auflegte, dachte sie: *Ich mag*

ihn wirklich sehr. Ob ich ihn wohl, wenn dies alles vorbei ist, auch noch wiedersehe? Sie hoffte es sehr.

Sie ging in ihr Atelier und stand mit dem Klumpen Ton in der Hand, mit dem sie weiter an seinem Gesicht arbeiten wollte, nachdenklich vor dem Kopf des Würgers von London. Sie begann zu modellieren. Aber wieder kam sie nicht voran. *Ich schaffe es einfach nicht. Jedenfalls jetzt nicht*, dachte sie. *Ich muß eine Weile weg. Ich brauche frische Luft.*

Sie ging durch die Straßen Londons und versuchte, nicht an den Würger zu denken. Sie ging bis zum Piccadilly Circus, wo die ganzen Theater waren. Riesige Neonschriften leuchteten von den Häusern und kündigten die verschiedenen Theaterproduktionen an.

Der Piccadilly Circus ist kein Zirkus, sondern ein sehr geschäftiger und belebter Platz. Akiko vertiefte sich in die Betrachtung der Menschenmenge. Die Theater waren wundervoll. Die besten der Welt, wahrscheinlich. Sie hatte Laurence Olivier auf der Bühne den *Hamlet* spielen sehen. Und auch John Guildguld und Maurice Evans hatte sie gesehen.

Die Engländer sind die besten Schauspieler der Welt, dachte sie. Schon mehrmals hatten ihr Produzenten Rollen in Filmen oder Theaterstücken angeboten. Aber sie hatte sie alle abgelehnt.

»Das solltest du aber machen«, hatte ihr Vater gesagt. »Schauspieler verdienen viel Geld.«

»Ich bin keine Schauspielerin«, hatte sie geantwortet. »Ich bin Bildhauerin.«

»Du solltest aber lieber Schauspielerin werden.«

»Das finde ich nicht«, hatte sie gesagt. »Meiner Meinung nach muß man zur Schauspielerin geboren sein.«

»Unsinn!«

Doch Akiko glaubte wirklich daran, daß man mit einem bestimmten Talent geboren sein mußte, um Schauspielerin oder Autorin oder Bildhauerin zu werden. Das war eine Gottesgabe. Sie war dankbar für ihr spezielles Talent. Ihre Liebe war das Formen von Skulpturen.

Es war schon einige Zeit her, seit sie zuletzt in der Kunstgalerie gewesen war, welche ihre Arbeiten verkaufte. Sie beschloß, hinzugehen und sich umzusehen. Der Inhaber, Mr. Yohiro, war ein kleiner, hagerer Mann mit hektischen Bewegungen. Er erinnerte Akiko an einen Vogel.

»Gut, daß Sie kommen!« sagte er. »Ihre Sachen verkaufen sich prächtig. Die Nachfrage ist groß.«

»Das freut mich zu hören«, sagte Akiko.

»Können wir in zwei Wochen eine neue Ausstellung machen?«

»Ja«, antwortete Akiko.

Sie erwähnte nicht, daß sie an dem Kopf des Würgers arbeitete. Mr. Yohiro klatschte erfreut in die Hände.

»Großartig. Meine Kunden werden sehr zufrieden

sein. Und vergessen Sie ja nicht, daß die Venusstatue dabei ist.«

»Ja, ich weiß schon.« *Aber ich muß erst den Würgerkopf fertig haben*, dachte sie im stillen. *Dann erst kann ich die anderen Arbeiten in Angriff nehmen, die ich noch vorhabe.*

Mr. Yohiro lud sie zum Essen ein.

Sie gingen in ein kleines Lokal in der Nähe, ein Pub. Akiko mochte die Londoner Pubs. Das Essen dort war zwar einfach, aber gut, und die Leute waren sehr freundlich. Viele hatten Dartscheiben, auf die die Gäste Pfeile warfen. Ein paarmal hatte Akiko selbst mitgespielt und gefunden, daß sie ganz gut in Darts war.

Als sie bestellt hatten, sagte Mr. Yohiro: »Ich bin wirklich stolz auf Sie. Ich wußte vom ersten Augenblick an, daß Sie talentiert sind und großen Erfolg haben würden. Und Sie haben mich nicht enttäuscht.«

»Danke«, sagte Akiko. »Ich liebe meine Arbeit. Wenn ich nicht müde würde und ab und zu auch mal schlafen müßte, würde ich Tag und Nacht arbeiten.« Sie lächelte. »Es klingt vielleicht etwas arrogant, aber ein wenig ist es, als spielte man Gott, wenn man Ton formt und so zum Leben erweckt.«

Natürlich hatte Akiko, als sie dies sagte, keine Ahnung, daß auch Alan Simpson sich wie Gott fühlte, weil er Menschen das Leben nehmen konnte.

»Ihre Ausstellung in zwei Wochen wird meine erfolgreichste überhaupt werden«, sagte der Galeriebesitzer, »doch dann werde ich Sie vermutlich bald an eine bedeutendere Galerie verlieren.«

»Aber nein«, widersprach ihm Akiko lebhaft. »Sie waren der erste, der sich meiner angenommen hat, bei Ihnen bleibe ich. Loyalität zählt im Leben.«

»Ich will mich ja nicht in Ihr Privatleben mischen, aber ich bin trotzdem neugierig. Sie sind so eine hübsche junge Frau, aber immer allein, sooft ich Sie sehe. Haben Sie denn keinen Freund?«

Akiko schüttelte den Kopf. »Nein. Ich bin zwar mit mehreren Männern ausgegangen, aber keiner hat mich wirklich interessiert.« Doch noch während sie dies sagte, dachte sie: *Außer Sekio Yamada. Ich möchte wissen, ob er eine Freundin hat. Hoffentlich nicht.*

Zu Mr. Yohiro sagte sie: »Eines Tages möchte ich heiraten und Kinder haben, aber nur zu heiraten, um verheiratet zu sein, ist nicht das Richtige. Man sollte sich schon zuvor der gegenseitigen Liebe sicher sein.«

Mr. Yohiro nickte. »Ganz meine Ansicht. Ich bin mit meiner Frau seit dreißig Jahren verheiratet, und wir führen immer noch eine glückliche Ehe.«

So plauderten sie und sprachen über Kunst und verschiedene Maler, die in der Galerie vertreten waren, aber den Würger erwähnte Mr. Yohiro mit keinem Wort. Akiko wurde klar, daß er offensichtlich ihr Foto in den Zeitungen nicht gesehen hatte. Denn sonst hätte er sich doch zweifellos nach der Sache erkundigt. Sie beschloß, von sich aus nicht davon zu reden.

Das alles würde sowieso bald vorüber sein. Sobald sie den Kopf des Würgers fertig modelliert und Sergeant Yamada übergeben hatte, würde der Mörder rasch gefaßt werden.

»Wollen Sie noch mit in die Galerie kommen?« fragte Mr. Yohiro.

»Danke, nein«, sagte Akiko. »Ich muß zurück an meine Arbeit.« *Zurück zum Würger.* Sehr glücklich war sie darüber nicht.

»Na gut, es war nett, daß wir uns zum Essen getroffen haben, bis bald dann.«

Mr. Yohiro bezahlte, und sie gingen hinaus auf die Straße.

»Auf Wiedersehen.«

»Auf Wiedersehen.«

Mr. Yohiro sah Akiko noch eine Weile nach. Er dachte: *Was für ein hübsches Mädchen, und mit Talent obendrein.*

Als er in seine Galerie zurückkam, fiel ihm plötzlich ein, daß er etwas vergessen hatte. Er hatte ihr gar nicht erzählt, was für ein Plakat er für ihre neue Ausstellung hatte drucken lassen. Es war ein sehr schönes Plakat mit Akikos Porträt darauf und dem Text dazu:

Akiko Kanomori
Kunstausstellung
12.–17. November

Ich hänge gleich einmal eines ins Schaufenster, dachte er beschwingt. Er ging in das Hinterzimmer und holte ein Plakat, trug es nach vorne und hängte es in das Galerieschaufenster.

Keine fünf Minuten später kam Alan Simpson an der Galerie vorbei. Fast hätte er das Plakat übersehen, doch im letzten Moment, als er schon so gut wie vorbei war, sah er es noch aus den Augenwinkeln, und es riß ihn geradezu. Er blieb stehen.

Er konnte sein Glück kaum fassen. Hier, direkt vor ihm, hing das Bild der Frau, die er suchte; der einzigen Person auf der ganzen Welt, die ihn bei der Polizei identifizieren konnte.

Er grinste zufrieden. So, also Akiko Kanomori hieß sie. Und Künstlerin war sie. *Ziemlich bald ist sie eine tote Künstlerin,* dachte er, und betrat die Galerie.

Mr. Yohiro begrüßte ihn. »Guten Tag, Sie wünschen?«

»Ich bin Zeitungsreporter«, log Alan Simpson. »Und ein großer Bewunderer von Miß Kanomori.«

»O ja, das sind wir alle. Sie ist eine großartige Künstlerin.«

»Ganz meine Meinung. Meine Zeitung möchte ein

Interview mit ihr. Sie hat doch demnächst eine Ausstellung bei Ihnen, nicht wahr?«

»Ja. Das Plakat hängt bereits im Fenster vorne.«

»Ach ja?« sagte Alan Simpson und tat überrascht. »Das habe ich glatt übersehen. Um so besser. Ein Interview wird dann besonders nützlich sein. Das bringt zusätzliche Publicity, nicht wahr? Wenn Sie mir vielleicht ihre Adresse geben könnten ...?«

»Ja, ich weiß nicht ... Wissen Sie, Miß Kanomori ist sehr öffentlichkeitsscheu. Sie gibt üblicherweise keine Interviews.«

»Es nimmt wirklich nur ein paar Minuten in Anspruch«, sagte Alan Simpson. »Und ich versichere Ihnen, daß es sehr rücksichtsvoll sein wird.«

Der junge Mann hatte so gute Manieren. Da nickte Mr. Yohiro schließlich. »Also gut. Ihre Adresse ist 2422 Pont Street.«

»Verbindlichsten Dank«, sagte Alan Simpson. »Ich freue mich wirklich sehr auf die Begegnung mit ihr.« Er musterte Mr. Yohiro und dachte: *Aus deiner Ausstellung, lieber Freund, wird wohl nichts werden. Deine Künstlerin wird bald nicht mehr leben.*

9. Kapitel

Er wartete vor dem Wohnhaus und hielt sich im Schatten, wo er nicht zu sehen war. Irgendwo in diesem Haus war die Frau, die er töten wollte. Er hatte keine Ahnung, warum die Polizei bisher noch keine Beschreibung von ihm hatte. *Ich warte bis zum Abend*, dachte er, *und dann nehme ich sie mir vor und erledige das.*

Inspector West ließ erneut Sekio Yamada rufen. »Sie sagten doch, Ihre Zeugin ist Bildhauerin und modelliert den Kopf des Würgers?«

»Ja, Sir.«

»Na, und wo ist er? Wieso haben wir ihn noch nicht?«

Yamada zögerte etwas. »Sie arbeitet daran, Inspector.«

»Aber wir brauchen ihn jetzt«, sagte Inspector West. »Jeder Polizist in London muß ein Foto von ihm bekommen. Wir können es uns nicht leisten, zu warten, bis er wieder mordet!«

»Das verstehe ich vollkommen, Sir. Nur –«

»Sie sagen ihr, ich will diesen Kopf noch heute haben. Verstanden?«

»Ja, Sir.«

»Meinen Sie, es macht mir Spaß, wenn selbst die Königin dauernd anruft und wissen will, wie es steht?«

»Nein, Sir.«

Sekio Yamada ging in sein Büro zurück, wo ihn Detective Blake erwartete.

»Was wollte der Alte denn?«

»Daß der Kopf des Würgers noch heute fertig modelliert ist und die Fahndung damit sofort anlaufen kann.«

»Wieso braucht sie tatsächlich so lange?« fragte Detective Blake.

»Ich weiß es auch nicht«, seufzte Yamada. »Ich rufe sie mal an.«

Akiko nahm schon nach dem ersten Klingeln ab. Irgendwie wußte sie, wer das nur sein konnte.

»Miß Kanomori? Hallo. Sergeant Yamada hier.«

»Ja, ich weiß.« Ihre Stimme war sehr warm.

»Ich will Sie ja nicht drängen«, sagte Sekio Yamada, »aber besteht vielleicht die Möglichkeit, daß Sie den Kopf noch bis heute abend fertigbekommen? Inspector West ist schon sehr ungeduldig. Er will die Fahndungsfotos schnellstmöglich hinausgeben können.«

Akiko hörte ihm zu, und der Mut sank ihr. Normalerweise wäre es ihr gar kein Problem gewesen, den Kopf bis zum Abend fertig zu haben. Aber dieses geheimnisvolle Böse, das in ihrem Modellierton selbst zu stecken schien, machte ihr einfach angst. Sie wollte Yamada davon nichts sagen. Es kam ihr selbst ein wenig albern vor.

»Ja«, sagte sie statt dessen. »Bis heute abend bin ich fertig.«

»Sehr schön«, sagte er, und sie hörte, wie sehr ihn diese Zusage erleichterte.

»Ich kann vorbeikommen und ihn abholen.« Dann stockte er und wagte es fast nicht, weiterzusprechen, sagte es aber dann nach tiefem Atemholen doch: »Und zur Feier des Tages könnten wir vielleicht dann zusammen essen gehen …?«

Akikos Herz machte einen kleinen Satz. »Das wäre sehr nett«, sagte sie und versuchte, nicht zu zeigen, wie sehr sie sich tatsächlich darüber freute.

»Also abgemacht. Um wieviel Uhr denken Sie, sind Sie fertig?«

Akiko blickte auf den Tonklumpen vor ihr. »Sieben Uhr, denke ich.«

»Schön, dann hole ich Sie also ab. Wiedersehen.«

»Auf Wiedersehen.«

Sie legte den Hörer auf, und ihr Herz tanzte. Eine Einladung zum Essen mit dem hübschen Sergeant! Sie wandte sich ihrem Tonklumpen zu und wurde gleich wieder ernst.

Sie hatte versprochen, den Kopf fertig zu modellieren. Also mußte sie es nun auch tun. Sie holte tief Luft und ging hin. *Ist doch nur ein Klumpen Lehm,* sagte sie sich.

An dem ist doch nichts Böses. Und doch hatte sie fast Angst, ihn anzufassen.

Langsam begann sie zu arbeiten, formte den Ton zu einem Gesicht und machte sich an das Modellieren der Einzelheiten. Die Augen, an die sie sich so intensiv erinnerte. Die Nase. Die Lippen. Je mehr der Kopf seine Gestalt annahm, desto mehr schien ihr das Böse in dem Ton den ganzen Raum zu beherrschen und sie zu erdrücken.

Sie war halb fertig, als sie es einfach nicht mehr aushielt. Sie rannte aus dem Raum und hinüber zu Mrs. Goodman. Ihr Herz klopfte wild, und sie glaubte jeden Augenblick, ohnmächtig zu werden. Aber wie sollte sie erklären, daß sie vor einem Klumpen Modellierton davongelaufen war?

Mrs. Goodman öffnete ihre Tür. »Hallo, meine Liebe. Ich wollte gerade Kaffee trinken. Da können Sie mir gleich Gesellschaft leisten.«

»O danke, gern.«

Sie setzte sich in Mrs. Goodmans geräumiger Küche nieder. Ihr Herzklopfen war noch immer heftig. *Was ist nur los mit mir?* fragte sie sich. Nichts dergleichen war ihr jemals zuvor passiert.

Mrs. Goodman brachte den Kaffee. Er schmeckte sehr gut. Akiko wäre am liebsten den ganzen Tag geblieben. *Aber ich muß zurück ins Atelier und diesen Kopf fertigmachen, sosehr sich alles in mir dagegen sträubt. Ich habe es versprochen.*

»Möchten Sie nicht vielleicht doch lieber ein paar Tage hier bei mir bleiben?« fragte Mrs. Goodman.

Akiko lächelte dankbar. Mrs. Goodman war so lieb. »Vielen Dank, aber es geht nicht. Ich kann wirklich nicht.«

Sie blieben noch eine Stunde lang zusammen sitzen und plauderten, bis Akiko schließlich, einigermaßen beruhigt, sagte: »Nun muß ich wirklich zurück in mein Atelier. Ich muß unbedingt eine bestimmte Arbeit fertigstellen.«

»Wenn ich irgend etwas für Sie tun kann, meine Liebe, brauchen Sie es nur zu sagen.«

»Vielen Dank, das tue ich gerne.«

Und sie begab sich zurück in ihr Atelier und zu ihrer Arbeit.

Alan Simpson war beim Einkaufen in einem Kaufhaus. Ein Verkäufer kam zu ihm. »Sie wünschen, bitte?«

»Ich brauche Schnur.« Er hatte seinen Würgestrick irgendwo verloren und ihn nicht wiedergefunden. Das war ein schlechtes Omen. Er war stark abergläubisch.

»Was für eine Art Schnur soll es sein? Ich meine, für welchen Zweck benötigen Sie sie?«

Na, um Frauen zu erdrosseln, Schafskopf, dachte Alan Simpson, sagte aber: »Ach, zum Zusammenbinden. Es sollte eine gute, feste Schnur sein.« *Nämlich, die sich gut um ihren Hals werfen und zuziehen läßt.*

»Bitte sehr, wenn Sie dort hinüber mitkommen möchten.«

Er führte ihn in die Abteilung, wo es alle Sorten von Schnüren, Stricken und Seilen gab. Da gab es Faden und Zwirn, Schnüre, Seile und schwere Taue. Alan Simpson suchte sich eine kräftige, feste Schnur aus und zog an ihr.

»Die ist richtig«, sagte er.

»Bitte sehr, Sir. Das macht dann vier Pfund.«

Detective Blake sagte: »Wenn Sie nichts vorhaben heute abend, meine Freundin hat eine Freundin, da könnten wir zu viert essen gehen.«

»Kann leider nicht«, sagte Yamada.

Denn nichts auf der Welt sollte ihn davon abhalten, heute abend mit Akiko Kanomori essen zu gehen. Den ganzen Tag freute er sich schon darauf. Und sie hatte auch sehr erfreut geklungen, als er mit ihr telefonierte. *War das nur Einbildung?* überlegte er. *Oder freute sie sich tatsächlich, von mir zu hören?*

Aber er sollte vorsichtig sein und nichts überstürzen, fand er. *Ich will nicht gleich mit der Tür ins Haus fallen. Verliebt in sie bin ich schon. Aber wenn ich ihr das sofort sage, kriegt sie vermutlich einen Schrecken und nimmt Reißaus. Nein, nein, das muß ich ganz behutsam angehen.*

Also sagte er zu seinem Kollegen Blake: »Vielen Dank, aber heute abend habe ich keine Zeit.«

»Sie werden es bereuen. Dieses Mädchen wäre es wert, was ich so höre.«

Aber Sekio Yamada war nicht daran interessiert, eine andere Frau kennenzulernen. Jetzt nicht mehr. Die Frau, die er sich immer gewünscht hatte, hatte er bereits gefunden. *Die Frage ist lediglich,* dachte er, *ob sie mich auch will?*

Akiko arbeitete in ihrem Atelier an dem Kopf des Unbekannten. Sie hatte die Stirn fertig und die Nase und die Augen und war inzwischen beim Mund.

Sie war so vertieft in ihre Arbeit, daß sie aufschreckte, als das Telefon klingelte. Es riß sie richtig. Das Telefon klingelte noch einmal. Sie ging hin und nahm ab.

»Ja, hallo?«

Stille.

»Hallo?«

Aber niemand antwortete.

Akiko wunderte sich. Es war zweifellos jemand in der Leitung. »Wer ist denn da?« fragte sie nach.

Schweigen.

Langsam legte sie wieder auf. Ihre ganze Arbeitskonzentration war weg. Dieser stumme Anruf hatte sie nervös gemacht.

Sie versuchte, an dem Mund des Kopfes weiterzuarbeiten, aber die Hände begannen ihr zu zittern. »Schluß damit!« befahl sie sich selbst, doch es wirkte nicht. Im

Gegenteil, sie begann nun sogar am ganzen Leib zu zittern.

Auf der anderen Straßenseite stand Alan Simpson in einer Telefonzelle und blickte lächelnd hinauf zu dem erleuchteten Fenster. Sie hatte so verschreckt geklungen. Es regnete im Augenblick zwar nicht, aber der Wetterbericht hatte noch für den Abend Regen angesagt. Das war die Zeit für ihn.

Um sieben Uhr abends fuhr Sekio Yamada zu dem Wohnhaus Akikos. Er hatte einen neuen grauen Anzug an. Er hatte überlegt, ob er Blumen mitbringen sollte, aber er wollte nichts überstürzen. Das jetzt sollte mehr wie ein amtlicher Besuch aussehen. Er parkte, ging in das Haus und läutete an ihrer Wohnungstür.

Als Akiko die Klingel hörte, geriet sie in Panik. Sie sah auf die Uhr. Es war sieben Uhr, und das mußte Sekio Yamada sein! Sie wußte nicht, was sie machen sollte. Sie war nicht imstande gewesen, weiter an dem Kopf zu arbeiten. Sie war zu angespannt.

Der Kopf war an sich ja fertig, bis auf den Mund. Ich weiß, was ich mache, dachte sie. *Wir gehen zuerst essen, und wenn wir zurückkommen, bitte ich ihn, mit hereinzukommen und dazubleiben, während ich letzte Hand an den Kopf lege. Dann muß ich dabei keine Angst haben.*

Sie ging vom Atelier durch das Wohnzimmer zur

Tür und öffnete. Sie lächelte Sekio Yamada entgegen. Er war so ein gutaussehender Bursche!

»Guten Abend.«

»Guten Abend«, sagte Yamada. »Kann ich mir jetzt den Kopf ansehen?«

Akiko legte ihm die Hand auf den Arm. »Wollen wir nicht lieber zuerst essen gehen? Die letzten Handgriffe muß ich an dem Kopf noch machen. Das kann ich hinterher tun, und dann können Sie ihn gleich mitnehmen.« Eigentlich schämte sie sich, zugeben zu müssen, daß sie immer noch nicht fertig war, weil sie Angst hatte. Aber wenn er bei ihr war, hatte sie keine Angst mehr.

»Ist mir recht«, sagte Sekio Yamada. »Dann gehen wir eben jetzt zuerst essen und kehren danach wieder hierher zurück. Auf eine oder zwei Stunden kommt es nicht mehr an.«

Bis Mitternacht, dachte er, hatte Inspector West den Kopf des Würgers auf jeden Fall, und er konnte selbst noch veranlassen, daß die Fotos davon gemacht und überall in ganz London verteilt wurden. Damit hatte der Würger dann keine Chance mehr, sich zu verbergen.

»Ich hole nur noch meine Handtasche«, sagte Akiko.

Ein paar Minuten später waren sie auf der Fahrt zu einem Restaurant.

»Ich hoffe, das Lokal gefällt Ihnen«, sagte Sekio Yamada. »Es soll eines der besten in London sein. Es heißt Harry's Bar.«

Harry's Bar war nur für Mitglieder. Aber Sekios Vater war Mitglied, und er als Sohn war dort bekannt und deshalb stets willkommen.

Sie fuhren den Rest des Weges schweigend. Akiko dachte an den Kopf, den sie vollenden mußte, und Sekio an die schöne Frau an seiner Seite.

Als sie angekommen waren, bekamen sie einen Tisch ganz hinten.

»Die Speisekarte liest sich herrlich«, sagte Akiko.

Tatsache war allerdings, daß sie überhaupt keinen Appetit hatte. Sie war zu nervös wegen des Würgers und außerdem zu aufgeregt darüber, mit Sekio zusammenzusein.

»Bestellen Sie doch einfach für mich mit«, sagte sie.

»Gerne.«

Er bestellte einen Krabbencocktail als Vorspeise für sie beide und dann Kalbsschnitzel mit Teigwaren und dazu einen guten Wein. Als das erledigt war, begannen sie sich zu unterhalten.

»Erzählen Sie mir etwas über Ihr Leben«, sagte Sekio.

Sie lächelte. »Nun ja, ich stamme aus Kyoto und war dort auch auf der Universität. Weil mein Vater Geschäfte in London hatte, zogen wir hierher. Aber ich habe mein Elternhaus dann verlassen, weil sie mich unaufhörlich drängten, daß ich heiraten sollte.«

»Und das wollen Sie nicht?«

»Aber ja doch!« Sie wurde rot und dachte: *Mein Gott, was rede ich denn da?* »Ich warte nur auf den Richtigen.«

Und während sie dies sagte, sah sie ihm tief in die Augen.

Er lächelte ebenfalls. Er wußte, daß er dieser Richtige für sie war.

Sie beendeten ihr Essen und sprachen über Hunderte anderer Dinge. Sie hatten beide das Gefühl, als würden sie sich schon ewig kennen. Es war ein sehr schönes Essen.

Sekio bestellte noch Kuchen zum Dessert, obwohl Akiko abwinkte: »Nicht für mich, ich muß auf meine Linie achten.«

»Ich achte für Sie darauf«, scherzte er. Sie lachten zusammen.

Schließlich war es Zeit, aufzubrechen. *Jetzt hilft nichts mehr*, dache Akiko, *ich muß wieder an diesen abscheulichen Kopf ran. Aber wenn Sekio bei mir ist, habe ich sicher keine Angst mehr davor.*

Sie stiegen in das Auto und fuhren zurück zu Akikos Wohnung.

Eine gute Stunde zuvor hatte Alan Simpson vor ihrem Haus beobachtet, wie Akiko und Sekio herauskamen und wegfuhren. Er erinnerte sich daran, daß er diesen

Mann im Mayfair-Markt gesehen hatte. *Aha,* dachte er, *ein Polizist also. Von mir aus. Kriegen tut der mich nie.*

Er wartete, bis das Auto weg war und ging dann in das Haus hinein. Die Tür zur Eingangshalle war verschlossen. Er holte ein Messer aus der Tasche und öffnete das Schloß damit. Akikos Wohnung war 3B.

Er ging die Treppe hinauf bis zu ihrem Stockwerk. Er sah sich sorgfältig um, ob auch niemand zu sehen war. Dann öffnete er auch Akikos Wohnungstür mit seinem Messer und schlüpfte hinein.

Es war offensichtlich, daß niemand in der Wohnung war. *Also hier wohnt sie, das Luder!* Er ging durch das Wohnzimmer und blickte in das Schlafzimmer. Er sah auf ihr Bett und dachte: *Darin wird sie nie mehr schlafen.*

Er kam in das Atelier und sah sich unerwartet seinem eigenen Ebenbild gegenüber. Er starrte ungläubig darauf. *Also dabei war sie!* Sie hatte seinen Kopf modelliert, um ihn der Polizei zu geben!

Er sah jedoch, daß der Kopf noch nicht ganz fertig war. Wo der Mund sein sollte, war noch ein gähnendes Loch.

Er ging hin und schlug mit einem Fausthieb zu. Der schon angehärtete Ton zersprang, und die Trümmer fielen auf den Boden. *Und genau das passiert ihr selbst auch,* dachte er. Er holte seinen Strick aus der Tasche. Nun mußte er nur noch auf ihre Rückkehr warten.

10. Kapitel

Sekio und Akiko waren beide selig. Sie hatten in dem Lokal gegessen, aber kaum bemerkt, daß sie es taten und was sie aßen, so versunken ineinander und in ihre Gespräche und ihr gemeinsames Lachen waren sie. Und sie merkten gar nicht, wie die Zeit verging.

Das Lokal war sehr voll, und längst warteten andere Leute auf ihren Tisch, bis der Kellner kam und sich erkundigte: »Darf es noch etwas sein, Sir?«

Akiko blickte hoch und bemerkte jetzt erst die auf den Tisch wartenden Leute, deren Blicke nicht sehr freundlich waren.

»Nein, danke, das ist alles«, sagte Sekio Yamada. »Wenn Sie mir dann die Rechnung bringen, damit der Tisch frei wird. Ich sehe, daß die Leute warten.«

»Bitte sehr.«

Sie traten hinaus in die kühle Abendluft. Sekio sah zum Himmel hinauf und dachte: *Gott sei Dank regnet es nicht, da wird der Würger heute abend nicht zuschlagen.*

Im selben Moment wunderte sich Alan Simpson in Akikos Wohnung, wo sie denn blieb. *Sie ist jetzt schon ziemlich lange weg,* dachte er. Er war ziemlich nervös. Er ging unruhig herum und schaute immer wieder aus dem Fenster, ob Akiko denn nicht endlich kam.

Die Wettervorhersage hatte Regen versprochen, aber es sah nicht nach Regen aus. *Die Narren wissen auch nicht, was sie sagen,* dachte er. *Und außerdem, wozu brauche ich zum Morden unbedingt Regen?* In Wirklichkeit allerdings wußte er sehr genau, warum. Alles mußte exakt so sein wie an jenem Tag, als er die Wahrheit über seine Mutter erfahren hatte. Der Regen mußte das Böse von seinen Opfern abwaschen.

Aber Regen oder nicht Regen, dachte er sogleich weiter, *diese Akiko Kanomori muß sterben, so oder so.*

Er sah auf die Uhr. *Wenn sie sich doch etwas beeilen würde!*

Akiko und Sekio fuhren zu dieser Zeit gerade zurück zu ihrer Wohnung. *In ein paar Minuten,* dachte Akiko, *bekommt er den Kopf des Würgers von mir, und dann verläßt er mich wieder, und vermutlich sehe ich ihn danach nie mehr.* Es drängte sie zu sagen: Rufen Sie mich mal an? Aber sie wollte nicht aufdringlich sein. Dazu war sie viel zu zurückhaltend.

Als hätte er ihre Gedanken lesen können, sagte Sekio: »Sagen Sie, Akiko, könnten wir vielleicht, auch wenn dieser Fall erledigt ist, wieder einmal zusammen essen gehen?«

Akiko hüpfte das Herz im Leib vor Freude. »Sehr gerne«, sagte sie.

Sekio lächelte. Er wußte jetzt, daß alles gut verlief. Er wollte mit dieser Frau sein ganzes Leben lang zusammensein. Er mußte nur zuerst noch den Würger fassen.

»Wollten Sie immer schon Polizist werden?« fragte Akiko.

»Schon, seit ich zehn Jahre alt war«, sagte er. »Damals geschah bei uns in der Nachbarschaft ein Mord, der allgemeines Entsetzen verursachte. Wir hatten Angst, der Mörder werde auch uns heimsuchen. Die Polizei war sehr freundlich. Man sagte uns, wir sollten uns keine Sorgen machen, der Mörder werde schon gefaßt, und dann seien wir alle wieder sicher vor ihm. Da wußte ich, daß ich auch Polizist werden wollte, als Freund und Helfer der Menschen.«

Ganz erstaunlich, dachte Akiko. *Was er da erzählt, ist genau, was jetzt gerade passiert. Ein Mörder geht um und verbreitet Angst und Schrecken, und Sekio bemüht sich, für Sicherheit zu sorgen.* Sie sah ihn an und dachte: *Er ahnt überhaupt nicht, wie wundervoll er ist.*

Sie fuhren an Kensington Gardens vorbei. Der Park sah im Mondschein wie verzaubert aus.

»Haben Sie schon mal von einem Schriftsteller namens J. M. Barrie gehört?« fragte Sekio. Denn in diesem Park stand eine Statue des berühmten Geschöpfs dieses Schriftstellers.

»Nein, habe ich nicht.«

»Er hat eine wunderschöne Geschichte geschrieben: Peter Pan. Das war ein Junge, der sich weigerte, erwachsen zu werden und also ewig ein Knabe blieb. Seine Mutter wies ihn aus dem Haus, und da flog er ins Nimmerland. Eine sehr schöne Geschichte.«

»Sie klingt wunderschön, ja«, sagte Akiko. Und sie dachte im stillen dazu: *Irgendwie ist er auch noch wie ein richtiger Junge. So enthusiastisch und begeisterungsfähig.*

Sie näherten sich ihrem Wohnhaus. *Ein paar Minuten noch,* dachte sie, *dann muß ich den Kopf vollenden und ihm mitgeben.* Aber sie hatte jetzt wenigstens keine Angst mehr. Denn er war ja bei ihr und blieb auch an ihrer Seite, während sie ihre Arbeit beendete. Der Modellierton sollte ihr jetzt keine Angst mehr machen.

Zwei Häuserblocks vor ihrem Wohnhaus sahen sie einen Verkehrsunfall. Ein Auto war von einem Lastwagen fast zerdrückt worden, Trümmer waren über die ganze Straße verstreut, und auf dem Pflaster lag stöhnend ein verletzter Fußgänger.

Sekios Gesicht spannte sich an. Er griff nach seinem Funkgerät. »Hier Wagen siebzehn. Unfall auf Höhe Pont Street 2624. Schickt rasch einen Notarzt.«

Dann schaltete er ab und sagte zu Akiko: »Tut mir leid, ich setze Sie ab und kümmere mich um den Unfall. Ich folge dann in ein paar Minuten nach.«

»Ist gut.«

Hoffentlich, dachte sie, war dem auf der Straße liegenden Fußgänger nichts Schlimmes passiert. Sekio trat aufs Gas und fuhr sie noch schnell bis vor ihre Haustür.

»Ich komme, so schnell es geht.«

»Schon in Ordnung. Bis dahin habe ich dann auch den Kopf ganz fertig.«

Sie blieb noch am Randstein stehen, bis er weggefahren war. Dann erst drehte sie sich um und ging ins Haus.

Der Mann, der auf der Straße lag, war zum Glück nicht schwer verletzt. Sekio beugte sich über ihn und fühlte ihm den Puls.

»Wie geht es Ihnen?« erkundigte er sich.

»Na ja, ein bißchen zittrig bin ich.«

»Haben Sie das Gefühl, daß irgend etwas gebrochen ist?«

Der Mann befühlte seine Arme und Beine. »Es scheint alles in Ordnung zu sein. Es muß mich aus dem Wagen geschleudert haben, als der Lastwagen auf mich prallte.«

»Können Sie aufstehen?«

»Ich denke schon.«

Der Mann rappelte sich hoch. Sekio untersuchte ihn.

Der Mann schien leicht unter Schock zu stehen, aber nicht schwerwiegend verletzt zu sein.

»Der Notarzt muß jeden Augenblick da sein und bringt Sie ins Krankenhaus.«

»Das ist nicht nötig. Mir fehlt nichts«, sagte der Mann und schaute auf sein zerdrücktes Auto. »Meine Frau bringt mich um. Es ist ihr Wagen.«

Ein Polizeiauto kam herangefahren, zwei Polizisten stiegen aus.

»Verletzte?« fragte der eine.

»Ich denke nicht«, erklärte ihm Sekio. »Aber Sie können sich um das Unfallprotokoll kümmern.« Er wollte möglichst rasch weg, um bei Akiko den Kopf des Würgers abzuholen, den er bei Inspector West abliefern mußte.

»In Ordnung.«

Er stieg ein und fuhr los. *Vielleicht ist sie inzwischen ja schon fertig,* dachte er.

Akiko betrat ihre Wohnung und summte leise vor sich hin. Das Zusammensein mit Sekio hatte sie beschwingt.

Es war sehr still in der Wohnung. Sekio würde bald hier sein. *Ich muß nur noch die Lippen machen, dann ist der Kopf fertig, und ich habe es hinter mir,* dachte sie.

Sie ging ins Atelier und blieb, noch in der Tür, wie angewurzelt stehen und starrte mit aufgerissenen Augen. Der Kopf, den sie aus Ton modelliert hatte, lag in einem halben Dutzend Scherben auf dem Boden.

Ihr erster Gedanke war, daß der Kopf zum Leben erwacht sei und sich selbst zerschmettert habe. Aber bevor sie noch weiterdenken konnte, fühlte sie sich von hinten gepackt und spürte ein Messer im Genick.

»Keinen Laut!« sagte Alan Simpson, »oder ich bringe Sie auf der Stelle um.«

Akiko war zu verblüfft, um sich bewegen zu können. »Bitte«, stammelte sie, »tun Sie mir nichts.«

Er schob sie in das Atelier hinein. »Also, Sie wollten das da der Polizei zeigen, wie?«

Sie wußte nicht, was sie sagen sollte. »Nein ... ich ...«

»Lügen Sie mich nicht an!«

Sie drehte sich zu ihm um. Es war, als schaue sie in das Gesicht, das sie modelliert hatte. Er sah genauso aus, wie sie sich an ihn erinnerte.

Sie war ihm schon einmal entkommen, aber es war ihr klar, daß sie nun in seiner Gewalt war. *Ich muß Zeit gewinnen*, dachte sie. *Sekio kann jede Minute dasein. Er wird mich beschützen.*

Sie wunderte sich, daß der Würger gar keine Schnur in der Hand hatte, und überlegte, was er vorhaben mochte. Wollte er sie etwa mit einem Messer erstechen? Bisher hatte er doch alle seine Opfer erdrosselt?

»Kommt der Polizist wieder?« fragte Alan Simpson.

Akiko zögerte. Sie war sich nicht sicher, was besser war zu sagen, Ja oder Nein.

»Nein«, sagte sie dann.

»Sie sagen mir besser die Wahrheit.«

»Was haben Sie mit mir vor?«

Alan Simpson wußte selbst noch nicht genau, was er mit ihr machen sollte. Daß sie sterben mußte, war klar. Aber er brachte es nicht über sich, es zu tun, solange es nicht regnete. Es mußte regnen. Genau wie an dem Tag, wo er seine Mutter dabei überrascht hatte, wie sie es mit einem Fremden trieb.

Ich muß sie von hier wegschaffen. Ich bringe sie in meine Wohnung und halte sie dort fest, bis es regnet, und dann töte ich sie!

In diesem Augenblick klopfte es an der Wohnungstür. Simpson fuhr überrascht hoch. »Wer ist das?« flüsterte er.

»Ich ... ich weiß nicht.«

»Sie lügen!« Sein Gesicht war zornrot. »Das ist er, nicht? Na, dann müßt ihr eben beide daran glauben.« Sie spürte wieder sein Messer im Nacken.

»Nein, bitte!« flehte Akiko. »Tun Sie ihm nichts!« Sie war auf einmal schrecklich besorgt, daß er Sekio etwas antun würde. Mehr noch als sie sich um sich selbst ängstigte.

Simpson stand da und überlegte fieberhaft. Er mußte diesen Polizisten loswerden.

»Er kommt, um diesen Kopf von mir zu holen, wie?«

»Ja.«

»Warum haben Sie ihm den nicht vorher schon gegeben?«

»Weil er noch nicht fertig war.« Akiko hoffte, daß dieser Wahnsinnige Sekio unbehelligt ließ, wenn sie ihm die Wahrheit sagte.

»Also gut«, sagte Simpson, »Sie tun jetzt genau, was ich Ihnen sage. Sie sagen ihm, daß der Kopf noch nicht fertig ist, aber daß er ihn morgen früh bekommt. Haben Sie verstanden?«

Er drückte ihr das Messer tiefer in den Nacken, so daß sie bereits einige Blutstropfen spürte.

»Ob Sie verstanden haben?«

»Ja.«

»Gut. Machen Sie die Tür auf, aber nur einen Spalt. Eine falsche Bewegung, und Sie haben das Messer im Genick.«

Es klopfte noch einmal.

»Los jetzt!« zischte er ihr zu. Er blieb dicht hinter ihr und hatte sie mit einer Hand an der Schulter, mit der anderen hielt er sein Messer in ihrem Nacken. Er trieb sie vor sich her zur Tür. Von draußen war Sekio zu hören.

»Akiko? Sind Sie da?«

Ihr Mund war vor Angst so trocken, daß sie fürchtete, keinen Laut herauszubringen.

»Antworten Sie!« zischelte Simpson.

»Ja. Ich bin ... ich bin da!«

»Machen Sie einen Spalt auf«, flüsterte Simpson.

Akiko holte tief Luft und machte die Tür halb auf. Sie spürte das Messer auf der Haut in ihrem Genick. Der Würger stand hinter der Tür, wo ihn Sekio nicht sehen konnte.

Sekio sah Akiko an, und sie erschien ihm ungewöhnlich blaß. »Ist etwas?« fragte er. »Was ist los?«

Akiko hätte ihm am liebsten zugeschrien, daß sie in der Gewalt des Würgers war, der ihr eine Messerklinge in den Nacken drückte. Und daß er um sein Leben laufen sollte.

»Nein, nein«, sagte sie statt dessen nur, »alles in Ordnung.« Aber ihre Stimme war schwach.

»Kann ich hereinkommen?«

Akiko setzte schon zu einer Entgegnung an, als sie den sich verstärkenden Druck des Messers in ihrem Nacken spürte.

»Seien Sie mir nicht böse«, sagte sie also, »tut mir leid, aber als ich heimkam, fühlte ich mich auf einmal so müde, und da konnte ich nicht an dem Kopf weiterarbeiten.«

Sekio sah enttäuscht aus. »Ach so. Das ist schade. Ich hatte gehofft ...«

»Ja, ich weiß. Ich mache ihn auch gleich morgen früh fertig. Ich rufe Sie an, wenn es soweit ist.«

Es war ein merkwürdiger Ausdruck in ihrem Gesicht.

Sekio machte sich Sorgen. »Sie sind doch nicht krank, wie? Soll ich nicht hereinkommen und ...«

Wieder spürte sie den Druck des Messers. »Nein. Ich bin wirklich sehr müde. Morgen früh geht es mir bestimmt wieder besser!«

Sie mußte ihn anlügen, aber sie tat es, um sein Leben zu retten. Wenn er hereinkam, brachte der Würger ihn um.

Sekio sagte zögernd: »Na gut, wenn Sie meinen. Dann gehe ich eben. Ich komme dann morgen früh wieder.«

»Ja«, sagte Akiko. »Tun Sie das.«

Er musterte sie lange, ehe er sich umdrehte und ging.

Alan Simpson drückte die Tür zu.

Sie war allein mit dem Würger.

11. Kapitel

Sekio Yamada konnte in dieser Nacht nicht schlafen. Akikos Verhalten hatte ihn sehr befremdet. Den ganzen Abend war sie so warmherzig und freundlich gewesen. Und dann war alles plötzlich ganz verändert als er wieder zu ihrer Wohnung zurückkam.

Statt ihn hineinzubitten, hatte sie ihn weggeschickt. Und dabei hatte sie doch zuvor versprochen, den Kopf des Würgers fertigzustellen, dann aber vorgeschützt, müde zu sein, und ihn noch einmal vertröstet.

Er versuchte, sich ihr merkwürdiges Verhalten noch einmal zu vergegenwärtigen. Er konnte sich nicht erinnern, daß sie müde gewesen wäre. Im Gegenteil, sie war sehr lebhaft und vergnügt gewesen. Äußerst seltsam.

Aber was noch schlimmer war: er hatte nun massive Probleme mit Inspector West.

»Sie haben mir den modellierten Kopf des Würgers fest für gestern abend versprochen. Nun, wo ist er?«

Yamada schluckte schwer. Er wollte Akiko nicht in Schwierigkeiten bringen. »Das tut mir leid, Sir«, sagte er. »Es hat eine kleine Verzögerung gegeben. Aber heute vormittag werde ich ihn bestimmt bekommen.«

»Das will ich doch sehr hoffen«, sagte Inspector West. »Denken Sie daran, was ich gesagt habe. Wenn dieser Fall nicht bis übermorgen gelöst ist, werden Sie davon entbunden.«

»Ich bin sicher, daß er bis dahin gelöst ist.«

Wenn ihm Akiko nur erst den Kopf geliefert hatte, konnte er ihn fotografieren und die Bilder verteilen lassen. Es mußte irgend jemanden geben, der den Würger kannte.

Er ging zurück in sein Büro.

Es war zehn Uhr geworden. Bestimmt war Akiko inzwischen fertig. Er rief sie an. Aber niemand meldete sich. *Wahrscheinlich ist sie gerade nur schnell ein paar Minuten weg*, dachte er.

Eine halbe Stunde danach versuchte er es noch einmal, und dann wieder um elf. Keine Antwort. Wieso war sie nicht zu Hause und arbeitete an dem Kopf des Würgers? Und falls sie inzwischen längst damit fertig war, warum rief sie ihn dann nicht an, um es ihm zu sagen? Das Gefühl, daß etwas nicht stimmte, wurde immer stärker. *Ich fahre doch lieber mal hin.*

Er nahm Detective Blake mit.

Akiko war in heller Panik. Sie wußte, daß sie sterben mußte, aber sie wollte doch leben, mehr als alles andere! Als Sekio am Abend zuvor gegangen war, hatte der Würger noch gewartet, bis kein Zweifel mehr bestand, daß der Detective wirklich fort war, ehe er Akiko dann mit vorgehaltenem Messer zwang, mit ihm zu kommen und in sein Auto einzusteigen.

Sie hatte sich auf den Boden des Wagens legen müssen, damit sie nicht gesehen werden konnte. Als sie an seiner Wohnung in Whitechapel ankamen, war es schon spät in der Nacht, und alles war finster. Er ließ sie aussteigen und führte sie vor sich her nach oben in seine winzige Bleibe.

Die Wohnung war vollgepfropft mit Zeitungen, die Artikel über die Taten und Opfer des Würgers enthielten. *Der Mann ist wahnsinnig*, dachte Akiko. *Ich muß ihm entkommen.*

Doch dazu ließ er ihr nicht die kleinste Gelegenheit. Er stellte einen Stuhl in den Wandschrank und zwang Akiko dort hinein.

»Setzen Sie sich hin«, befahl er.

»Bitte, ich ...«

Er versetzte ihr einen heftigen Schlag ins Gesicht. »Du sollst dich hinsetzen, habe ich gesagt.« Er hatte nach wie vor sein Messer in der Hand.

Akiko setzte sich auf den Stuhl, an dem er sie so festband, daß die Schnur schmerzhaft in ihre Handgelenke schnitt.

»Das tut weh«, sagte sie.

Er ohrfeigte sie noch einmal. »Ich habe doch gesagt, Sie sollen den Mund halten!«

Als er sicher war, daß sie sich nicht befreien konnte, schloß er die Wandschranktür und ließ sie darin im Dunkeln. Dann machte er das Radio an, um den Wetterbericht zu hören. Und endlich kam auch, worauf er wartete: »... sehr große Wahrscheinlichkeit, daß es heute nacht noch schauerartige Regenfälle gibt. Und nun noch weitere Nachrichten ...«

Er schaltete aus. Er wollte dies hier schnellstmöglich hinter sich bringen. Eine gefangene Frau in seiner Wohnung zu haben war gefährlich. Noch heute nacht wollte er sie töten. Er würde sie hinaus in den Regen führen, in eine dunkle Straße, und sie dort erwürgen. Er versuchte sich vorzustellen, wie diesem Polizisten zumute sein würde, wenn er Akiko tot daliegen sah.

Sekio Yamada klopfte bei Akiko an, aber nichts rührte sich. Es war inzwischen zwölf Uhr mittags.

»Wahrscheinlich ist sie gerade zum Essen weggegangen«, vermutete Detective Blake.

»Das glaube ich weniger«, meinte Yamada. »Sie weiß genau, wie dringend ich diesen Kopf benötige. Wäre sie damit fertig, hätte sie mich angerufen. Und wenn sie noch nicht fertig damit ist, dann würde sie auch nicht einfach zum Essen gehen.« Die Sache kam ihm immer seltsamer vor. »Sehen wir mal nach, ob die Nachbarn etwas wissen, ob sie fort ist.«

Sie gingen nach unten, und Yamada klopfte bei Mrs.

Goodman an. »Entschuldigen Sie die Störung. Ich bin Sergeant Yamada. Ich suche Miß Kanomori.«

»Ich habe sie heute noch nicht gesehen«, sagte Mrs. Goodman. »Meistens kommt sie bei mir auf eine Tasse Kaffee vorbei. Aber soviel ich weiß, ist sie mit einer Arbeit sehr beschäftigt.«

»Haben Sie sie fortgehen hören?«

»Nein, aber das will nichts heißen«, meinte Mrs. Goodman, doch dann fiel ihr etwas ein. »Ich weiß, wo sie sein könnte.«

»Wo?«

»Sie stellt in einer Galerie hier in der Nähe aus. Da könnte sie sein.« Und sie gab den beiden Polizeibeamten die Adresse der Galerie.

»Haben Sie vielen Dank. Das ist sehr hilfreich.«

Nach fünf Minuten waren sie in der Galerie. Sekio Yamada besah sich Akikos Foto auf dem Plakat im Schaufenster und war entsetzt. *Wenn der Mörder dieses Plakat gesehen hat,* dachte er, *dann weiß er, wer sie ist!*

Mr. Yohiro begrüßte sie an der Tür. »Bitte sehr, meine Herren, kann ich behilflich sein?«

»Ich bin ein Freund von Miß Kanomori«, sagte Yamada. »Ist sie vielleicht zufällig hier?«

Mr. Yohiro verneinte kopfschüttelnd. »Nein. Gestern war sie hier. Wir haben zusammen gegessen und über ihre nächste Ausstellung hier bei mir gesprochen. Das wird ein großer Erfolg werden.«

»Aber heute haben Sie sie noch nicht gesehen?«

»Nein.«

»Wie lange haben Sie dieses Plakat mit ihrem Foto schon in ihrer Auslage hängen?«

»Erst seit gestern.«

Sekio Yamada sank der Mut. Da konnte es der Würger schon gesehen haben.

»Sagen Sie, Mr. Yohiro«, fragte er, »war vielleicht irgend jemand hier, der Sie wegen dieses Plakats angesprochen hat?«

»Nein.« Dann dachte er kurz nach. »Doch! Ja, doch, es war jemand da.«

»Wer?«

»Ein Reporter. Er wollte ein Interview mit Akiko machen und fragte nach ihrer Adresse.«

»Und Sie haben sie ihm gegeben?«

»Ja. Er sah anständig aus, und die Publicity wird der Ausstellung nur nützen.«

Yamada und Blake wechselten einen schnellen Blick.

»Hat sich dieser Reporter«, fragte Sekio Yamada, »irgendwie ausgewiesen?«

»Nein, natürlich nicht. Wozu sollte er?«

Yamada sagte nur ein Wort zu seinem Kollegen Blake: »Los!«

Akiko saß immer noch an den Stuhl gefesselt im Dunkeln im Wandschrank. Sie versuchte zwar verzweifelt, sich ihrer Fesseln zu entledigen, aber je mehr sie sich mühte, desto mehr schnitten sie sich in sie ein. Ihre Handgelenke bluteten bereits von den vergeblichen Befreiungsversuchen.

Dann ging die Wandschranktür plötzlich auf. Alan Simpson eröffnete ihr: »Ich muß eine Weile weg. Ich muß sicherstellen, daß Sie in der Zeit keinen Lärm machen.« Er hatte ein großes Taschentuch in der Hand. Das schob er Akiko in den Mund und band es fest, so daß sie, geknebelt, keinen Laut mehr von sich geben konnte. »Das hält Sie ruhig«, sagte er.

Akiko versuchte noch etwas zu sagen und ihn anzuflehen, aber es war ihr unmöglich, noch ein Wort zu äußern.

Er grinste zufrieden. »Ich bin bald wieder da.«

Die Tür ging wieder zu, und Akiko saß erneut in stockfinsterem Dunkel. *Von diesem Irrsinnigen lasse ich mich nicht umbringen,* dachte sie verbissen. *Sekio, wo bist du? Hol mich hier heraus!*

Aber es war ihr trotzdem klar, daß es keine Rettung mehr geben konnte. Sekio wußte doch nicht einmal, daß sie verschwunden war! Und wenn er es schließlich herausfand, hatte er immer noch längst keine Ahnung, wohin man sie verschleppt hatte!

Wenn ich weiterleben will, dachte sie schließlich, *muß ich mir schon selbst helfen. Nur, wie?* Sie war mit Händen und Füßen an den Stuhl gefesselt, auf dem sie saß, und die Wandschranktür war außerdem zugesperrt. *Ich kann aber nicht einfach tatenlos hier sitzenbleiben*, sagte sie sich. *Ich muß etwas unternehmen.*

Sie begann hin- und herzurutschen, so daß der Stuhl sich bewegte. Die enggebundene Schnur ihrer Fesseln verursachte ihr starke Schmerzen, aber sie achtete nicht darauf. Sie wollte einfach nur aus ihrem Gefängnis heraus. Der Stuhl schaukelte immer stärker, bis er schließlich gegen die verschlossene Schranktür umkippte und diese aufsprengte.

Sie lag auf dem Boden, an den Stuhl gefesselt, und atmete keuchend.

Sie sah sich im Raum um. Es war niemand da. Der Würger war fort. Nun war sie zwar aus dem Wandschrank gekommen, aber entscheidend änderte dies ihre Lage noch lange nicht.

Sie mußte einen Weg finden, wie sie sich ganz befreien konnte. An der anderen Seite des Zimmers stand ein Glastisch. Sie schob sich mit ihren Füßen hin, samt dem Stuhl, an dem sie hing, und mit ihren auf den Rücken gebundenen Händen.

Als sie es bis zu dem Glastisch geschafft hatte, brachte sie ihre Fesselstricke an den scharfen Rand der Glasplatte und begann, sie durchzurubbeln. Die Glaskante schnitt ihr allerdings auch mit in die Handgelenke. Sie spürte, wie sie blutete.

Sie war in verzweifelter Eile, weil sie unbedingt frei

sein wollte, bevor der Würger wieder zurückkam. Endlich hatte sie eine Hand frei, dann auch die andere. Hastig löste sie die Fesseln von ihren Beinen und stand auf. Sie zitterte am ganzen Leib und konnte kaum stehen.

Sie holte tief Luft. *Ich bin frei,* dachte sie.

Aber gerade, als sie auf dem Weg zur Wohnungstür war, ging diese auf, und der Würger war zurück.

»Ah«, sagte er, »wo soll es denn hingehen?«

Sekio Yamada und Detective Blake standen im Flur vor Akikos Wohnung. Yamada untersuchte das Türschloß.

»Kratzspuren«, konstatierte er. »Da ist jemand eingebrochen.« Er holte seinen Dietrich heraus.

»Was haben Sie denn vor?« fragte Detective Blake.

»Na, wir verschaffen uns Zugang.«

»Das können Sie doch nicht machen. Wir haben keinen Durchsuchungsbefehl. Den müssen wir uns erst beschaffen.«

»Dazu haben wir keine Zeit mehr«, sagte Yamada schroff. Er erinnerte sich jetzt genau, wie eigenartig Akiko sich gestern abend verhalten hatte. Sie war in Schwierigkeiten, da gab es gar keinen Zweifel!

Er schloß die Wohnung mit dem Dietrich auf, und sie gingen zusammen hinein.

Alles sah ganz normal aus. Keine Anzeichen von Kampf oder Auseinandersetzung. Doch dann sah Sekio im Schlafzimmer, daß in dem Bett niemand geschlafen hatte.

»Sie war die ganze Nacht nicht da«, sagte er.

Sie gingen weiter in das Atelier. Yamada blieb schon in der Tür verblüfft stehen. Auf dem Boden lagen die Scherben des modellierten Kopfs des Würgers. Auch Detective Blake stand da und starrte ungläubig.

»Warum hat sie das gemacht?«

»Hat sie nicht«, sagte Yamada.

»Wer denn?«

»Na, der Würger!«

Ihm war auf einmal alles klar. Als sie sich an der Tür so eigenartig verhalten hatte, war der Würger schon bei ihr gewesen! *Mein Gott, ich muß ein Brett vor dem Kopf gehabt haben!* dachte er. *Es hätte mir doch auffallen müssen, daß da etwas nicht stimmte!* War Akiko überhaupt noch am Leben?

Und dann fiel ihm noch etwas ein. Es hatte gestern abend nicht geregnet. Aber der Würger mordete bekanntlich nur bei Regen!

Er ging hastig zum Telefon und wählte eine Nummer.

»Wen rufen Sie denn an?« fragte sein Kollege Blake.

»Das Wetteramt.«

Eine Tonbandstimme sagte. »Das Wetter heute abend bringt mit großer Wahrscheinlichkeit Regen. Winde aus Nordost ...«

Er warf den Hörer hin. Regen heute abend! Wenn er Akiko nicht vorher fand, war sie des Todes!

Er ging zu den Scherben des Kopfs am Boden, sah sie eine Weile lang an und sagte dann zu Blake: »Schauen Sie doch mal nach, ob irgendwo eine Tüte ist.«

»Wieso eine Tüte?«

»Wir sammeln diese Scherben ein und nehmen sie mit nach Scotland Yard.«

Akiko saß wieder im Wandschrank, neu gefesselt, nur hatte Alan Simpson diesmal eine noch dickere Schnur genommen und sie so fest an den Stuhl gebunden, daß sie am liebsten vor Schmerzen geschrien hätte. Das konnte sie allerdings schon deshalb nicht, weil er sie erneut auch geknebelt hatte.

»Böses Mädchen!« sagte er. »Mädchen war böse und muß bestraft werden.«

Er hielt ihr seinen Würgestrick vor die Augen. »Schon vergessen, wie das hier um deinen Hals sich anfühlt? Keine Bange, du wirst es noch einmal spüren. Nur wird uns diesmal nichts stören dabei. Du kannst dir jeden Versuch sparen, zu entkommen. Diesmal gehe ich nicht wieder weg.«

In Scotland Yard waren drei Fachleute dabei, die Scherben des aus Ton modellierten Kopfs des Würgers wieder zusammenzusetzen.

»Sehr sorgfältig hat er es nicht gemacht«, sagte einer von ihnen. »Das sind sauber gebrochene große Scherben. Es ist nicht schwer, sie wieder zusammenzukriegen.«

Als sie damit fertig waren, konnte man zwar die Bruchstellen noch sehen, aber das Aussehen war doch sehr gut erkennbar.

»Und jetzt?« fragte Detective Blake.

»Besorgen Sie uns eine Polaroidkamera«, sagte Sekio Yamada. »Wir fotografieren den Kopf, und Sie lassen dann hundert Abzüge davon machen, so schnell es nur geht.«

Er selbst fuhr sofort mit dem ersten Abzug zu Mr. Yohiro in dessen Galerie und zeigte ihn ihm.

»Ist dies der Reporter, der da gestern zu Ihnen kam?«

»Ja, das ist der Mann.«

Yamada sah auf die Uhr. Es war fünf Uhr nachmittags. Ein paar Stunden blieben ihm höchstens, bis es zu regnen anfing und damit Akikos Schicksal besiegelt war.

12. Kapitel

Akiko war klar, daß ihr Schicksal besiegelt war. Sie saß gefesselt und geknebelt in dem stockfinsteren Wandschrank, ohne sich auch nur rühren zu können. Nicht einmal einen Fluchtversuch konnte sie unternehmen, weil der Würger ständig im Raum war.

Worauf wartet er denn nur? fragte sie sich. Sie wäre wohl noch mehr in Angst gewesen, wenn sie gewußt hätte, daß er nur auf den Regen wartete, um es dann zu tun.

Es sollte nur wenige Stunden dauern, bis es regnete.

Inzwischen aber war eine gewaltige Suchaktion im Gange. Sekio Yamada hatte hundert Abzüge des Fotos von dem modellierten Würgerkopf machen und verteilen lassen. Uniformierte Polizei und Kriminalbeamte in Zivil durchkämmten systematisch die Straßen des Stadtviertels Whitechapel. Sie zeigten das Foto Bewohnern und Passanten in der Hoffnung, Hinweise zu bekommen, die zur Identifizierung des Mannes führten.

Yamada hatte eine Einsatzbesprechung mit Inspector West. »Wäre es nicht vielleicht besser«, fragte West,

»die Fotos in ganz London zu verteilen? Warum kaprizieren Sie sich allein auf Whitechapel?«

»Weil alle seine Opfer dort ermordet wurden, deshalb«, beharrte Yamada. »Ich habe keinen Zweifel, daß er sie sich alle in Lebensmittelgeschäften in Whitechapel gesucht hat.«

Er war ungeduldig und wollte diese Besprechung schnellstens beenden, um sich wieder selbst nach Whitechapel begeben zu können. Der Gedanke, daß sich Akiko direkt in der Gewalt des Würgers befand und daß ihr etwas geschehen könne, war ihm unerträglich.

»Also gut«, beschied ihn Inspector West schließlich. »Sie bekommen alle Leute, die Sie brauchen. Aber finden Sie ihn, bevor er weitermordet!«

Die Suche ging weiter.

Sekio Yamada hatte das ganze Viertel in Bezirke unterteilt und für jeden eigene Leute eingewiesen.

Einer der Detectives kam in ein Kaufhaus und zeigte dem Geschäftsführer das Foto.

»Wir suchen diesen Mann«, sagte er. »Ist er Ihnen bekannt?«

Der Manager besah sich das Foto und schüttelte den Kopf. »Nein.«

»Haben Sie etwas dagegen, wenn ich das Foto auch Ihrem Personal zeige?«

»Natürlich nicht.«

Aber niemand konnte das Gesicht auf dem Foto identifizieren.

Die Polizeibeamten suchten jede Apotheke und jeden Friseur auf, alle Eisenwarengeschäfte und Lebensmittelläden. Aber nirgends hatte man den Mann auf dem Foto jemals gesehen.

Detective Blake sagte schließlich zu Sekio Yamada: »Sieht nicht gut aus bisher, Sergeant. Wir tappen herum wie im Nebel. Vielleicht hat Inspector West ja recht, und der Mann wohnt ganz woanders und kommt nur hierher, um sich hier seine Opfer zu holen.«

»Das glaube ich nicht«, sagte Yamada. »Mein Gefühl sagt mir ganz stark, daß er auch hier irgendwo wohnt.«

Er sah zum Himmel hinauf und ging dann zu einer Telefonzelle.

»Wen wollen Sie denn anrufen?«

»Das Wetteramt.«

Er hörte eine Stimme vom Tonband. »... Winde aus Nordost mit einer Geschwindigkeit von zehn Stundenmeilen. Ein Hochdruckgebiet kommt von der Küste her, starker Regen ist zu erwarten. Die Temperaturen stehen bei ...«

Er hängte mißmutig ein. »Es wird bald regnen«, sagte er zu Blake. »Machen Sie den Leuten Dampf. Es muß schneller gehen. Wir haben nicht mehr viel Zeit!«

Alan Simpson schaute in seiner Wohnung aus dem Fenster. Zu seiner Freude begannen sich bereits dunkle Wolken zusammenzuballen. *Bald*, dachte er, *bald ist es soweit, dann regnet es.*

Er dachte an die im Wandschrank eingeschlossene Frau und lächelte böse. Nur noch kurze Zeit, und ihr Schicksal war besiegelt.

Sekio Yamada selbst war es, der schließlich jemanden fand, der Alan Simpson identifizieren konnte. Es war in dem Lebensmittelgeschäft, wo Simpson einzukaufen pflegte. »Ja, sicher«, sagte der Verkäufer dort. »Klar, den kenne ich. Der kommt regelmäßig.«

Sekios Herz tat einen Freudensprung. »Wissen Sie auch, wie er heißt?«

»Nein, das nicht. Aber er wohnt hier in der Gegend, das weiß ich.«

»Woher?«

»Na, weil er eines Tages kam und eine ziemliche Menge einkaufte. Und da fragte ich ihn, ob er Hilfe zum Heimtragen bräuchte, und er sagte, nein, nein und daß er nur ein paar Häuser weiter wohne.«

Yamada hängte sich an den Polizeifunk. »Alle Einsatzbeteiligten schnellstens hier zusammenziehen.« Er gab die Adresse durch. »In diesem Bereich von vier Häuserblocks werden sämtliche Wohnungen durchsucht! Höchste Eile ist geboten!«

Und so gingen Polizeibeamte von Tür zu Tür und zeigten das Foto vor.

»Haben Sie diesen Mann schon einmal gesehen?«
»Nein, wer ist das?«
»Haben Sie diesen Mann schon mal gesehen?«
»Sieht fast so aus wie mein verstorbener Mann.«
»Ihr verstorbener Mann?«
»Ja. Er ist vor zehn Jahren gestorben ...«
»Haben Sie diesen Mann schon einmal gesehen?«
»Nein. Wozu wollen Sie das wissen?«

Dann endlich ein Glückstreffer. »Haben Sie diesen Mann schon mal gesehen?«
»Ja, gewiß. Er wohnt in dem Block da drüben.«

Ein paar Minuten später befragte Sekio Yamada diese Mieterin. »Waren Sie das, die einem Beamten gesagt hat, Sie kennen diesen Mann, Madame?«

»Mit Namen kenne ich ihn nicht, aber ich bin ihm eine Zeitlang mal ständig begegnet. Die letzte Zeit allerdings nicht mehr. Er wohnt da drüben, in dem Haus gegenüber.«

Sekio Yamada ging über die Straße und in das bezeichnete Wohnhaus. Dort kam ihm der Hausverwalter entgegen. »Ja? Suchen Sie jemand?«

Yamada zeigte ihm das Foto. »Kennen Sie diesen Mann?«

»Ja, sicher. Das ist Alan Simpson, einer unserer Mieter hier.«

»Hier in diesem Haus?«

»War er. Aber vor ein paar Wochen habe ich ihn hinausgesetzt.«

Yamada war, als habe er einen Hieb in die Magengrube bekommen. »Was?«

»Ja. Er hat sich immer so merkwürdig benommen. Solche Mieter kann ich nicht haben, und da habe ich ihm gekündigt.«

»Wissen Sie, wohin er gezogen ist?«

»Nein«, sagte der Hausverwalter kopfschüttelnd. »Er ist mit einem Möbelwagen gekommen und mit all seinen Sachen weg. Ich habe ihn nicht wiedergesehen.«

Yamada kombinierte rasch. »Ein Möbelwagen? Stand der Name der Spedition darauf?«

»Nein. Und ehrlich gesagt, hat es mich auch überhaupt nicht interessiert. Wieso sind Sie hinter ihm her? Hat er was ausgefressen?«

Etwas mehr, lieber Mann, als nur etwas ausgefressen, dachte Sekio Yamada bei sich.

Ein halbes Dutzend Polizisten hingen an den Telefonen und riefen sämtliche Umzugsspeditionen im Viertel an. Der sechste Anruf brachte den Volltreffer. »Ja«, sagte die Stimme am Telefon, »wir haben einen Umzug eines Mannes an dieser Adresse getätigt, vor drei Wochen.«

»Und haben Sie auch noch die Adresse, wohin der Umzug ging?« fragte Sekio Yamada.

»Aber gewiß doch.«
Und er bekam sie.

Es fing an zu regnen. Alan Simpson war bereit. Er streckte den Kopf zum Fenster hinaus und spürte den wunderbaren Regen auf seinem Gesicht. Jetzt konnte er wieder tun, was er nach Gottes Willen tun mußte! Nämlich wieder eine verkommene Seele in die Hölle zu schicken.

Er ging zum Wandschrank und öffnete ihn. Vor ihm saß Akiko, auf den Stuhl gebunden, und mühte sich immer noch vergeblich, sich von den Fesselstricken zu befreien. Simpson lächelte.

»Bemühen Sie sich nicht weiter. Ich binde Sie jetzt los.«

Einen Moment lang keimte Hoffnung in Akiko auf. Dann aber sah sie den Blick in seinen Augen und wußte, daß alles hoffnungslos war. Aus diesen Augen sprach der Wahnsinn.

»Ich muß Sie leider bestrafen«, sagte Simpson. »Sie haben versucht, mich an die Polizei zu verraten. Du bist ein ganz böses, schlimmes Mädchen, weißt du das?«

Akiko versuchte zu antworten, aber sie hatte noch den Taschentuchknebel im Mund.

»Ja, ja!« wiederholte Alan Simpson. »Und weißt du auch, was mit bösen, schlimmen Mädchen geschieht? Du wirst es bald erfahren.«

Er ging in die Küche und machte den Lebensmittelschrank auf, aus dem er eine Einkaufstüte füllte. Alles mußte genauso geschehen wie bei allen anderen bisher. Sie mußte eine Lebensmitteltüte in der Hand haben, wenn sie starb. Der einzige Unterschied jetzt würde sein, daß er ihr das Messer an die Kehle hielt, um sicherzustellen, daß sie nicht zu entfliehen versuchte, bevor er sie erwürgte.

Als er mit diesen Vorbereitungen fertig war, holte er seinen Regenschirm. *Alles muß genau sein wie immer.*

»Ich habe jetzt seine Adresse«, sagte Sekio Yamada.

»Und wenn er sie gar nicht dort gefangenhält?« fragte Detective Blake.

Das hatte Yamada bereits bedacht. Er zählte allerdings darauf, daß der Würger Akiko in seiner eigenen Wohnung gefangenhielt. Wenn er sich darin irrte, dann war Akiko verloren.

»Es ist unsere einzige Chance«, sagte er. »Los!«

Sie stiegen in ihren Polizeiwagen, und Yamada trieb den Fahrer an. »Treten Sie aufs Gas, Mann!«

Der Fahrer drehte den Anlasserschlüssel.

Aber die Batterie war leer.

»So«, sagte Alan Simpson im selben Augenblick zu Akiko. »Wir beide machen jetzt einen schönen kleinen Spaziergang.«

Akiko wußte, was das zu bedeuten hatte. Sie schüttelte heftig den Kopf.

»Na, nun mach aber keine Geschichten«, sagte Alan Simpson, »wenn du nicht willst, daß ich dir jetzt gleich das schöne Hälslein aufschlitze. Klar?« Und er drückte ihr das Messer an den Hals. Akiko erstarrte wie gelähmt.

»So ist es besser. Jetzt binde ich dich los, aber du bleibst schön ruhig sitzen, bis ich dir sage, du sollst aufstehen. Verstanden?«

Akiko antwortete nicht. Er drückte ihr das Messer wieder etwas stärker in die Haut, bis sie gehorsam nickte.

»So ist es brav«, sagte Alan Simpson.

Er durchschnitt ihre Fesselstricke mit seinem scharfen Messer, und sie war wieder frei. Sie versuchte aufzustehen, aber es wurde ihr schwindlig.

Sie legte sich eine Hand an die Stirn und sagte: »Ich glaube, ich werde ohnmächtig.«

»Lieber nicht, sonst töte ich dich gleich hier.« Das allerdings wollte er gar nicht. Sie mußte draußen im Regen sterben, damit ihre Schuld von ihr abgewaschen werden konnte.

Er packte sie am Arm. »Na, los jetzt!«

Er griff sich die Lebensmitteltüte und schob sie Akiko in den Arm.

»Was soll denn das?«

»Halt den Mund und tu, was man dir sagt!« herrschte er sie an. »Wir tun jetzt so, als hättest du im Supermarkt eingekauft, und als du gehen wolltest, hat es zu regnen angefangen, aber du hast keinen Schirm dabeigehabt. Verstanden?«

Akiko nickte. Sie hatte zuviel Angst, um zu diskutieren.

»Und ich habe dir angeboten, dich heimzubegleiten, weil ich einen Regenschirm hatte.«

Er griff nach seinem Schirm und drängte Akiko zur Tür. »Wir gehen jetzt hinaus. Aber wenn du auch nur einen Mucks tust, schneide ich dir die Kehle durch, ist das klar?«

Akiko versuchte zu sprechen, aber ihre Kehle war zu trocken.

Alan Simpsons Wohnung lag im ersten Stock des Wohnhauses. Er führte sie am Arm mit sich die Treppe hinab. In der Hand hielt er sein Messer.

Akiko betete, daß ihnen jemand auf der Treppe begegnen möge. Irgendwer, der ihr helfen könnte. Aber sie begegneten keiner Menschenseele.

So kamen sie bis zur Haustür. Alan Simpson lächelte sie an und spannte seinen Regenschirm auf.

»Sehen Sie, was für ein Gentleman ich bin? Ich begleite Sie im Regen nach Hause.«

Gott helfe mir, der Mann ist total wahnsinnig, dachte Akiko. Aber es war niemand da, der ihr geholfen hätte. Die Straße war dunkel und leer. Alan Simpson faßte sie fester am Arm, und sie gingen hinaus in den Regen.

Für Simpson war es ein wunderbares Gefühl. Er spürte, wie sich die altvertraute Erregung wieder in ihm aufbaute. Und das Gefühl, Gott selbst zu sein. In ein paar Augenblicken nahm er wieder ein Menschenleben. Er war allmächtig. Die Polizei mochte so fieberhaft nach ihm suchen, wie sie wollte, ihm war sie nicht gewachsen.

Sie gingen die Straße entlang. Ein Stück weiter vorne war eine Stelle, die vollständig dunkel war. Die Straßenlaternen waren zerstört. *Perfekt!* dachte er.

Akiko versuchte langsamer zu gehen, aber er zerrte sie weiter. Er war jetzt voller Erwartung auf das erregende Erlebnis, das er so liebte.

Für Akiko allerdings war es der komplette Alptraum. Sie erlebte erneut die Schreckensszene, die sie vor ein paar Tagen schon einmal durchgemacht hatte, als er sie genauso begleitet hatte und in einer anderen dunklen Straße dann plötzlich über sie herfiel und sie zu würgen begann. Nur ein Zufall hatte sie gerettet. Aber jetzt schien es keinen zweiten Zufall zu geben. Niemand war in Sicht, der sie hätte retten können.

Der Regen wurde stärker. Dann merkte sie, wie der Regenschirm weggenommen wurde und der Mörder hinter ihr blieb. Und wieder verspürte sie unmittelbar darauf den scharfen Stich in ihrem Rücken, der sie die

Einkaufstüte fallen ließ. Und in der nächsten Sekunde hatte sie den Würgestrick um den Hals. Alan Simpsons verzerrt grinsendes Gesicht war über ihr.

Doch in diesem Augenblick war plötzlich blendende Helle um sie. Ein Dutzend Scheinwerfer waren aufgeflammt. Sie waren umringt von Polizeiautos, die die Straße entlang geparkt waren.

Simpson stand verdutzt da, wie angewurzelt.

»Was zum …?«

»Lassen Sie Strick und Messer fallen!« rief Sekio Yamada. »Auf der Stelle!«

Alan Simpson blickte sich ungläubig um. Er sah mindestens ein Dutzend Polizisten, die auf ihn zukamen.

Wie in aller Welt hatten sie ihn gefunden?

»Sie sollen die Sachen fallen lassen, habe ich gesagt!« wiederholte Yamada scharf.

So war das! Sie versuchten, ihn um sein Opfer zu betrügen, wie? Wenn sie sich da nur nicht täuschten! Die sollte büßen für das, was sie ihm angetan hatte! Seine eigene Mutter! Und dafür mußte sie sterben!

Er hob das Messer und schrie: »Stirb!«

Aber im gleichen Augenblick krachte ein Schuß. Er fiel um.

Sekio Yamada ließ die Pistole sinken und stürmte auf Akiko zu. »Alles in Ordnung?«

Sie warf die Arme um ihn. »Gott sei Dank, daß Sie da sind!« Und sie schluchzte hemmungslos.

Er kniete sich nieder und fühlte den Puls des Mörders. Es war keiner mehr zu spüren.

Er wandte sich Akiko zu. »Es tut mir leid, daß ich nicht früher da war.«

Als das Polizeiauto nicht angesprungen war, hatte er einfach den nächstbesten Privatwagen angehalten und den Fahrer angewiesen, zu Alan Simpsons Adresse zu fahren. Über den Polizeifunk veranlaßte er inzwischen, daß sämtliche Fahrzeuge und Sucheinheiten dorthin kamen. Er wies sie an, unauffällig zu parken und sich still zu verhalten.

Er war gerade erst über die Straße gegangen, als Simpson mit Akiko aus dem Haus kam. Er hatte gewartet, bis er eine eindeutige Situation gegen ihn hatte.

Alles war endlich vorbei.

Im Polizeipräsidium war Sekio Yamada der Held des Tages. Alle, voran Inspector West, gratulierten ihm zu seiner vorbildlichen Polizeiarbeit.

»Ich hätte Sie gerne für dauernd bei uns im Scotland Yard«, sagte er zu ihm.

»Vielen Dank, Sir.«

Für diese Ehre war er noch sehr jung.

»Übrigens«, sagte Inspector West, »meine Frau und ich geben heute abend ein kleines Abendessen. Wenn Sie frei sind, sind Sie herzlich eingeladen.«

»Das ist sehr freundlich von Ihnen, Sir«, sagte Sekio

Yamada, »allerdings habe ich schon eine Verabredung.«

»Na gut, dann ein andermal.«

»Ja, Sir.«

Sekio Simpsons Verabredung war natürlich mit Akiko. Er ging an diesem Abend mit ihr zum Essen zu zweit. Und er wußte, daß er und Akiko von nun immer zusammen abendessen würden.

Sidney Sheldon
Die zehn Fragen

Roman

PRIMO

Der Multimillionär Samuel Stone macht es seinen Erben nicht leicht: Zehn Rätsel sind zu lösen, für jede Lösung stehen einige Millionen aus. Neben der luxussüchtigen Witwe, einem geldgierigen Neffen und dem Anwalt darf sich auch David, ein entfernter Verwandter Stones, an der Suche nach den Lösungen beteiligen. David, der sein Leben in den Dienst der Armen gestellt hat, will das Geld allerdings nicht für sich, sondern für die Armen. Ein betrügerischer Wettkampf um die Millionen beginnt.

Packende Unterhaltung vom Thriller-Autor der Spitzenklasse – bei PRIMO in deutscher Erstveröffentlichung!

Sidney Sheldon
Der Mitternachtsdieb

Roman

PRIMO

Als die japanische Familie Yamada mit ihren zwei Kindern Kenji und Mitsue eine schöne und überaus günstige Wohnung in New York bezieht, ahnt sie nicht, daß es dabei einen Haken gibt: In der Wohnung spukt es. Kenji und Mitsue erscheint jeden Freitag um Mitternacht der Geist eines Mädchens, das seinen Mörder finden will ...

Packende Unterhaltung vom Thriller-Autor der Spitzenklasse – bei PRIMO in deutscher Erstveröffentlichung!

Sidney Sheldon
Das Staatsgeheimnis

Roman

PRIMO

Der erfolglose Schauspieler Eddie Davis wird auf einer Südamerika-Tournee beauftragt, den herrschsüchtigen Diktator Colonel Bolivar als Doppelgänger zu vertreten. Davis wird dabei nicht nur heftig in die politischen Machenschaften des Diktators verwickelt, sondern muß sich zudem den Verführungsversuchen der zahlreichen Geliebten und der Frau des Diktators erwehren.

Packende Unterhaltung vom Thriller-Autor der Spitzenklasse – bei PRIMO in deutscher Erstveröffentlichung!

Sidney Sheldon
Die zwölf Gebote

Roman

PRIMO

Zwölf Geschichten vom Sinn und Unsinn der »Zwölf Gebote«: Von Menschen, die erst durch die Nichtachtung der Gebote ihr Glück fanden, zum Beispiel von Toni, dem jungen sizilianischen Bildhauer, der entgegen dem heiligen Gebot ein Ebenbild Gottes fertigt, das ihm zu Reichtum und der Hochzeit mit seiner Geliebten verhilft.

Packende Unterhaltung vom Thriller-Autor der Spitzenklasse – bei PRIMO in deutscher Erstveröffentlichung!